楊照
經典學

楊照——著

矛盾的美國人

馬克・吐溫與《湯姆歷險記》、《哈克歷險記》

目次

自序

理解現代美國的現實觀察與歷史體會

在我成長的過程中，甚至在我去美國留學之前，美國就占有了極其重要的地位。應該這樣說吧，二十四歲服完兵役之後去了美國，在美國連續居住六年，對我而言，毋寧是一件相對自然的事，是一路生活、念書的日常中就已經持續在準備的了。

因爲冷戰時代的台灣，處於美國與蘇聯對峙爭執的最前沿，從我出生前的一九五〇年，台灣就被明確地編入了美國陣營，成了對抗蘇聯、中共「共產國際」的「自由民主國家」中的一分子。

那也就是先依賴美國經濟援助，繼而再依賴將初步工業產品出口到美國市場來取得足夠發展資源的歷史階段，說得更明白些，也就是以美國馬首是瞻，實質上視美國為領導、為老大哥的現實狀態。

跟隨著美國的政治、經濟勢力進入台灣的，當然也就有了美國的教育與文化影響。從我開始固定看電視習慣的年紀，台灣三家電視台週六和週日下午都是播放美國好萊塢的經典老片，每天晚上又有美國三大電視網的最新影集。而且美國政府有明確的政策，吸引台灣的大學畢業生前往美國攻讀研究所，以至於幾年下來，台灣教育體制的最高終點幾乎理所當然延伸到美國去了，「來來來，來台大，去去去，去美國」成為具體的現實，即使唸到台灣的「最高學府」在台大畢業了，如果沒有再到美國留學，就不算是真正完成了教育的夢想目標。

撼動的世界觀

對於活過那個年代的台灣青年來說，還真是必須慶幸有如此強烈的美國存在。威權體制對於社會的嚴格控制，因而有了漏洞縫隙，才讓我們得以在極度封閉的環境中看到一點光，領會一點台灣之外的廣大世界面貌，得到一點異質的刺激，而能夠擺脫教育中漫天罩地的同質化洗腦壓迫，讓自我個性有一點喘息的空間。

美國文化成了威權控制的盲點。儘管和國民黨政治意識形態完全不相同，更不相容，必須依賴美國保護與支持的台灣政府無法限制，更不可能拒斥來自美國的種種文化影響。於是在苦悶中我們看美國電影、讀美國文學、聽美國音樂，甚至還被當時風起雲湧的美國青年反抗文化震撼、感動。

可以這樣毫不誇張地說，我們這一代的台灣人依照和美國文化的關係而劃分成兩群很不一樣的人。一邊是受到美國文化洗禮衝擊的，一邊是沒有的。這兩種人因而會有很不一樣的世界觀、人生追求，也在長大後展開很不一樣的生活。

我當然屬於受美國文化洗禮衝擊的一邊。念高中時，從學校一出門，還沒走到下一個大馬路口，就先要經過美國新聞處，在那個帶有歐風古意的建築裡，有一個隨時開著空調的圖書館，裡面堆滿了原文的美國文學、思想、歷史著作和少數中文譯本。

就是從美新處圖書館的書架上，我確認了馬克．吐溫不是一個兒童文學作家，他的作品、他的分量遠遠超過《湯姆歷險記》。我在那裡認眞地讀了一部分的《密西西比河上生活》（*Life on the Mississippi*），被書中各種俗字俚語搞得心煩氣躁而不得不丟下；也在那裡讀到了短篇小說集《百萬富翁》（*The Million Pound Note*），被拿著一張百萬元大鈔使得別人都找不開，因而就能到處混吃混喝的情節輕鬆逗樂了，卻也因而被迫去思考「財富」究竟是怎麼一回事，別人認定你多有錢跟你到底眞正有多少錢，哪個比較重要呢？

以這種方式早早接觸了美國文化，當然也就很自然選擇了到美國留學。不過書本、電影、歌曲中所認識的美國，畢竟和生活現實中的美國有很大的差距。眞的在美國住下來，甚至會因爲之前對美國有過的認識與印象而產生更強烈更深刻的困惑。怎麼原本對美國的理解似乎在生活中都用不上？生活中所需要的，從買個早餐、找到學校註冊辦公室、看懂《紐約時報》頭版頭的標題……竟然都是過去沒有學過、沒有想過的？

真實的美國

眞實、現實的美國像是一片大海，而我之前透過書本、電影、歌曲所接觸的各種美國元素，則是一條條河川，一旦流入了這片大海，就再也無法分辨掌握了。於是必須重新以這片大海的規模來認識美國，將本來片片段段領會的美國元素放回到新的完整圖象中找到適當的、對的位置。

於是馬克·吐溫又再次回到我的美國經驗裡。這一次是放在「南北內戰」的歷史事件脈絡下呈現了更豐富的意義。美國是移民國家，歷史上人口不斷增加，新的移民人口也就不斷帶進他們的多元經驗與多元生活，讓美國歷史持續保持變化，很難有固定的面貌。然而放寬視野來看的話，還是有幾個關鍵時刻與關鍵事件，決定了美國的基本性格。

最早的，當然是從獨立戰爭到形成了聯邦憲法的這一段。接下來，聯邦成立不到一百年，出現了南北紛爭差點使得聯邦瓦解的大危機，危機前後，美國人必須探索回答「什麼是美國？」「美國存在的基本理由是什麼？」……這些根本問題。再往後，則有了二十世紀兩場源自歐洲的「世界大戰」，兩次戰爭的結果，都將美國推向了世界領袖的地位，於是美國不得不從原本明顯「獨善其身」的態度，調整為承擔「兼善天下」的國際責任。

慢慢地，留學幾年間，我的美國理解和美國生活經驗總算再度重合了。我仍然熱愛美國的電影、文學、音樂，但這些文本現在往往對我呈現了不同的意義，比年少時純粹透過直覺而來的領受要來得動態且複雜。

其中變化最大的一份文本，就是小時候讀起來那麼簡單的《湯姆歷險記》。那不就是講一名調皮小男孩生活中玩耍、闖禍、幻想、幻滅、受罰的故事嗎？如此輕鬆的內容，連要稱為「文學」好像都還有點資格不足，能有多重要多有意義？誰小時候沒有讀過《湯姆歷險記》，又有誰會覺得自己讀不懂呢？

我卻發現《湯姆歷險記》書中蘊含了好多用這種簡單、輕鬆讀法讀不到的內容。例如這本書和馬克吐溫另一本名著《哈克歷險記》之間的綿密互文關聯。例如書中反映出十九世紀中葉美國思想中流行的資本主義與冒險價值。例如馬克吐溫試圖藉由《湯姆歷險記》與《哈克歷險記》來重建「南北戰爭」後美國人認同意識的用心與野心。例如馬克吐溫以其作品彰顯的一種特殊美國「中西部」立場與觀點……

二〇一〇年，我在「誠品講堂」的「現代經典細讀」課程中，安排了一整年理解現代美國的專題，選了六本書建構起一趟美國歷史與文化的巡禮。六本書中有托克維爾的《民主在美國》、有《美國憲法》，那是代表美國建國階段的重要文獻。有梅維爾的《白鯨記》，那是揭露美國清教信仰曲折歷程的小說傑作。另外有福克納和海明威的小說，用來說明二十世紀美國心靈糾結的開放與持續封鎖狀態。

至於「南北內戰」時期的歷史與文化，我很自然地選擇了以《湯姆歷險記》和《哈克歷險記》作爲代表書籍。這本小書其主體就是當年在「誠品講堂」授課的內容，感謝麥田出版的盛意邀請，讓我有機會再度提呈累積多年對於美國的一點看法。

我翻譯另一位美國重要作家的作品《老人與海》，並解讀該作者海明威的著作《對決人生——解讀海明威》，也是由麥田出版的，藉此順即一提。

是爲序。

一　由密西西比河孕育的美國文學經典

從經典中看見現代生活

在成長的過程中，大部分時候我們都是為了別人而讀書的。讀書是為了要準備考試，取得分數，讓老師讓爸媽滿意、放心；讀書是為了交心得報告，累積曾經讀過的書單，夠多的話可以在學期末換來表揚和獎品；讀書是為了要取得特別的資格，可以升學、可以工作、可以換未來的薪水。我們一般抱持這樣的心態讀書。

這樣的經驗使得很多人一旦離開了那樣的環境，沒有了為別人讀書的需要時，很自然就不讀書了。這樣的經驗還有另一層的影響，有些人即使離開了學校之後仍然繼續讀書，卻始終沒有調整、領略過「為自己讀書」的效果與樂趣。

「為自己讀書」意味著讀了這樣一本書之後，你會被這本書改變，用不一樣的眼光，更複雜的眼光來看待生活與周遭世界，因此看得更多更廣更深。如果只是可以快速讀過去，短暫地讓你「殺時間」的書，不會提供「為自己讀書」的效果。如果只是為了要提供你購物、飲食或旅行一時所需的指示，這樣的書也不會產生「爲自己讀書」的樂趣。還有，那些教你如何投資如何應付上班人際關係如何化妝的書，也不會產生「爲自己讀書」的效果。

「爲自己讀書」，因爲讀了這些書，你會在世界中看到原來看不見的事物。有一種書籍在這方面可以有特別的作用，那就是「現代經典」。「現代經典」指的是在現代世界創造過程中曾經發生影響的書籍。現代世界，也就是我們現在生活的環境。我們一般太習慣於我們的生活，以至於我們看不到。

習慣使我們對周遭的環境視之爲理所當然，王爾德[1]說過一句乍聽下很怪的名言：「在惠斯勒[2]之前，倫敦沒有霧。」每個人都知道倫敦是「霧都」，王爾德不可能不知道，「霧都」一直都有霧，王爾德不會無知到誤以爲倫敦是從哪一天才開始有霧，更不會無知到主張倫敦的霧是來自於某個人的人爲現象。

---

1 王爾德（Oscar Wilde，一八五四—一九〇〇）：愛爾蘭作家、詩人及劇作家，著有《格雷的畫像》等作品。

2 惠斯勒（J. M. Whistler，一八三四—一九〇三）：印象派畫家。生於美國，後長居倫敦，並常以霧入畫。

惠斯勒是畫家，他到倫敦畫了很多關於倫敦景色的作品，看他的畫，使人無法忽視、無法遺忘倫敦的霧。尤其是倫敦人。平常就生活在霧濛濛的天氣裡，以至於無從察覺霧的存在，一直到透過惠斯勒的畫，霧從熟悉、日常中凸顯出來，倫敦人才看見了霧，在他們的意識中，霧才存在。

王爾德以誇張的言語提醒我們：很多時候，我們活在什麼樣的環境裡，和我們在這環境中意識到什麼、看到什麼，是兩回事。我們所居住、所熟悉的世界，往往就是我們看不到的世界。

身爲現代人，活在現代環境中，回頭讀「現代經典」，一個重要的作用，就是幫助我們看到現代生活。不要將現代生活已有的條件當作天經地義，要記得，現代世界、現代生活、現代性，是有來歷的。不是有人存在，就用這種方式過活。人類文明發展了幾千年、上萬年，才有了現代世界。這樣的生活，從物質到精神，從食衣住行到價值觀念，是怎麼形成的？回溯閱讀這些「現代經典」，就像看了惠斯勒的畫而讓倫敦的霧凸顯出來一樣，也等於是將現代生活放置在普遍人類經驗中，讓我們看出了其獨特性。

認識真正的美國

美國是打造現代生活，尤其是我們今天在台灣過的這種現代生活的重要因素。二十一世紀過了將近二十年，現在還很難描述這會是一個什麼樣的世紀，然而回顧才結束不久的二十世紀，當有人說：「二十世紀是美國的世紀」，不管從什麼角度，用什麼觀點與標準，恐怕都很難否定這樣一句話吧！

二十世紀最醒目的世界性現象之一，是美國的崛起。美國在很短的時間內，變成了一個如此強大而重要的國家。二十世紀的一百年中，美國持續不斷壯大，到二〇〇一年發生「九一一事件」時，美國實質上擁有全世界沒有任何其他國家可以匹敵的軍事力量，甚至很有可能是超越全世界其他國家軍力總和的驚人實力。正因爲具備了這樣的壓倒性威嚇及打擊力量，使得美國的敵人唯有採取恐怖主義行動，才可能對美國造成傷害。

「九一一事件」的後續發展中，美國進軍伊拉克，海珊統治的伊拉克長年投資經營武裝力量，是中東地區的軍事強國，然而伊拉克的兵力遇到了美國遠征軍，根本就發揮不了什麼抵抗的作用，首都巴格達一下子就淪陷了！

單純從軍事武力上看，美國成為全世界唯一的霸主，沒有人能夠挑戰。而且在美國壯大的過程中，還將與其強大有關的元素，散布到全世界各地。二十世紀結束時，世界已經沒有多少不受到「美國化」影響的角落了。

不管喜不喜歡，甚至不管願不願意承認，台灣是個「美國化」很深的社會。因為這樣，我們擺脫不了美國的影響，但同時，對於美國，我們也就有很多源自於熟悉的盲點。

美國的強大，美國在強大過程中帶給全世界那麼大的影響，一個關鍵是美國的民主制度。托克維爾[3]的名著《民主在美國》（*De la démocratie en Amérique*）解釋了民主是什麼，需要什麼樣的條件在一群人之中建立民主制度，也說明了一旦採用民主制度，在社會、文化以及一般人的生活上將產生怎樣的連環發展變化。這是一部導引我們認識美國、認識民主的「現代經典」。藉由閱讀托克維爾的書，我們得以明瞭，今天視之為理所當然的平等權、投票權等等現代觀念，不只有來歷，而且有著相當曲折的來歷。

敏感的托克維爾談論《民主在美國》時，開頭就不容商量地點出了自由的重要性，沒有強烈的自由信念，以及強烈的追求自由動機，就不會有民主制度。而且托克維爾也以同樣不容商量的權威口吻主張，去到北美洲建立殖民地的這些人，同樣抱持著強烈的平等觀念，而他們的平等觀念與平等態度，背後有著宗教的理由。

如果不了解清教徒，不了解清教徒所信仰的上帝，不了解那樣的上帝和平等，以及衛護平等的熱情之間的關係，我們無法眞正認識美國。

在美國的建立與強大上，民主如此重要，也如此獨特。美國的民主甚至也和英國的民主大異其趣，英國人從來不曾近乎執迷地追求平等、要求維持平等。讓美國長出獨特的平等民主制度，最主要的養分，是清教信仰。

另有一部「現代經典」，深刻挖掘了清教信仰的心理，那是梅爾維爾[4]的

---

3 托克維爾（Alexis de Tocqueville，一八〇五—一八五九）：法國思想及政治學家。

4 梅爾維爾（Herman Melville，一八一九—一八九一）：被譽爲十九世紀美國偉大小說家之一，代表作爲《白鯨記》。

《白鯨記》。托克維爾看到從清教傳統長出的美國民主政治制度，然而清教傳統的影響遠超過政治領域。清教傳統也會長出《白鯨記》裡的船長，以及他所抱持的另一種執迷，另一種絕不放棄的追求……

源於經濟生產模式的蓄奴制度

美國歷史發展上，到了十九世紀中葉，面臨了一項抉擇。一八六一年到六五年間，美國陷入了南北內戰中。南北戰爭最後的結果，是林肯總統的勝利，是他堅持「人生而平等」反奴原則的勝利，因而解放了黑奴，不過這並不是南北戰爭爆發的根本因素。

革命立國一百年後，美國明顯地發展爲性質極不同的南北兩個區域，南北的主要差異，不是地理的，毋寧是經濟生產上的。北方的經濟愈來愈傾向於工業化，南方則因爲蓄奴、因爲奴隸所提供的大量廉價勞動力，所以傾向保留依靠勞動高度密集的大型莊園農業作爲經濟生產主力。牽涉到最根本的生產方式差異，才使得美國南北的衝突難以用其他協商方式解決。

南北戰爭的導火線，是加州要以自由州的身分加入聯邦。隨著領土不斷向西拓展，最西邊的加州已經有了足夠的實力，而加州政府明確選擇站在反對蓄奴的這一邊，將禁止在州界內蓄奴。

這件事讓南方各州極度不安，如果加州眞的以自由州身分加入聯邦，那麼在聯邦衆議院裡，自由州的議員人數將明確超越蓄奴州。換句話說，這時候自由州選出的衆議員可以推動對蓄奴州不利的法案，光憑自由州議員票數就能投票通過立法。

不算加州，本來衆議院中蓄奴州的議員人數僅較自由州略多，蓄奴州議員的優勢尚不足以通過法案強迫自由州蓄奴。然而倒過來，當自由州取得了優勢，他們就可能訂定法律來限制蓄奴的作法，將對南方經濟生存權造成威脅。

在這樣的狀況下，南方斷然表示要退出聯邦，於是危機又升高爲聯邦存廢的問題，考驗了一八六一年才剛就任的新總統林肯。在當時的情勢下，會選出一個北方的總統，只能說是歷史的偶然；會選出在態度上如此強硬的總統，又是歷史上的另一項偶然吧！

林肯的歷史意義，首先是一位強硬的聯邦主義者，其次才是一位強硬的廢奴主義者。他不惜訴諸戰爭，阻止南方片面退出聯邦。南北戰爭爆發的具體原因，不是反奴和蓄奴的衝突，而是關於南方各州有沒有權利退出。

南方決定要退出，林肯不同意。林肯的態度，老實說，並不符合美國憲法的精神。美國憲法第四條第三款中規定「國會得准許新州加入聯邦」，但相對地沒有任何各州該如何退出聯邦的規定。然而憲法序言明白將聯邦的主權賦予「我們人民」，各州又經過了審議程序才決定接受憲法加入聯邦，這樣的過程顯示各州擁有加入聯邦的自由權利，相應的，就應該也有退出聯邦的自由權利吧！

然而，林肯做出了他的決定，主張作為聯邦總統，他有義務也有權利維護聯邦的完整。基於這樣的主張，林肯以聯邦的名義，對要退出的南方各州宣戰。雖然後來的歷史說的都是「南北戰爭」，但戰爭爆發時，依照林肯的立場，這不是北方和南方之間的衝突，而是聯邦和南方「叛離諸州」間的戰爭。

但顯然林肯的強硬聯邦主義，在南方完全得不到支持，所謂的「聯邦軍隊」

實質上只由北方各州構成。以聯邦壓制南方的戰爭名義，很快就失去了合法性。是在這樣的情況下，南北內戰的主軸才逐漸由聯邦主義移轉到廢奴人道立場。

不會打仗的林肯

爲了避免聯邦瓦解，戰爭初期林肯的態度只是要用武力逼南方放棄脫離聯邦的企圖。但在這裡出現了和林肯原來預想大不相同的變化。關鍵在於：林肯自身不是個優秀、甚至不是個稱職的軍事領導者。要用武力達成目標，首先必須具備的條件，很明顯的，是聯邦的武力確實壓過南方。

在初期的軍事衝突中，北方各州組成的聯邦軍隊，並未能形成對南方的壓倒性優勢。林肯和北方更沒有預料到南方會在很短的時間內就組好了一套有效的軍事指揮系統，而且顯然比北方更有效。戰爭初期，林肯的調度、安排，錯的比率超過對的，聯邦的拙劣指揮系統，變成了最意外的變數。

於是表面上是整個聯邦對南方，實質上是工業化的北方對農業的南方，而北方竟然還占不到便宜，局勢陷入膠著。

雖然南方後來戰敗了，在成王敗寇的集體現實判斷下，南方卻還是出現了一個公認的英雄，悲劇性的英雄，那就是李將軍[5]。李將軍爲什麼這麼重要？李將軍帶領的，是北維吉尼亞州的軍隊，他在東方，對上的是北軍中的「波多馬克軍」（Army of the Potomac）。北軍的指揮系統，是依照河流來劃分的，「波多馬克軍」的名稱就來自流經首都華盛頓特區的波多馬克河。因而波多馬克軍實質上就是首都的衛戍部隊，擁有最好的配備條件，並且在戰爭過程中不斷獲得增援。然而這樣一支北方最精良的部隊，卻始終突破不了李將軍帶領北維吉尼亞部隊布置的防線，討不到任何便宜。

這中間的關鍵差距，就在林肯的軍事指揮才能和李將軍相去太遠，以至於原本戰爭資源比較豐富的北軍，被拖在東邊戰場上無法突破。還好後來在西邊的戰線上，林肯無法親自指揮的地方，北軍中崛起了兩位像樣的將領，薛曼[6]和葛蘭特[7]，他們帶領了「田納西軍」（Army of the Tennessee），來自田納西河流域包括肯塔基州、西維吉尼亞州及俄亥俄州的兵力，得以突破了南軍在西方的主戰線。

薛曼和格蘭特的軍隊進入南方領域，接著在北軍陣營中產生了緊張。因為按照原本林肯聯邦主義的態度，戰爭的主要目的，是逼迫南方回到聯邦，為了讓南方回心轉意，所以就規定不得以一般戰爭的破壞行為對待南方地區。一八六二年，當「田納西軍」剛進入南方，仍然保持這種對待同胞、高高舉起輕輕放下的態度，然而隨著戰爭時間拖長，這樣的策略就引來北軍內部愈來愈強烈的質疑與不滿。

---

5 李將軍（Robert Lee，一八〇七—一八七〇）：羅伯特·李，人稱「李將軍」，南北戰爭期間的南軍將領，並曾擔任過總司令。

6 薛曼（William Tecumseh Sherman，一八二〇—一八九一）：於南北戰爭中擔任北部聯邦軍將領，有「魔鬼將軍」之稱。

7 格蘭特（Ulysses S. Grant，一八二二—一八八五）：南北戰爭與薛曼擬定東西戰線協同作戰計畫，兩人是聯邦軍得勝的關鍵人物。格蘭特於一八六九至一八七七年間擔任第十八任美國總統。由於對南北戰爭貢獻卓著，成為五十元美金鈔票上的人像。

耗費了資源，損失了人命，承擔了高度危險，好不容易打進敵人的地盤，卻要溫厚以待？對敵人仁慈，豈不就等於對自己殘忍？讓敵人得以保留實力，喘口氣休息一下以便再度奮起對我軍發動攻擊、製造傷害？這算哪門子的戰爭道理！

於是在具備第一線作戰經驗的將軍如薛曼的強烈反對下，從一八六二年下半年起，北軍陣營的指導原則逐漸改變了。首先是現實主義抬頭，拒絕再相信北軍的實力足以靠著幾場關鍵勝利就威嚇住南方，讓南方願意投降結束衝突。現實是，南方沒有那麼容易屈服。相應地，北方必須認清，這是一場眞正的戰爭，要打就必須依從戰爭的邏輯。

具體的改變，就是北軍不再對南方採取「同胞的保留」，不再尊重南方人民的財產權利，也不再避免戰爭中對南方人命造成的傷亡。一八六二年年底，戰爭實質升高了，北軍改而採取要盡一切可能壓制南方、逼迫南方屈服的立場，不再考慮和平協商的解決方法。

李將軍在東線上繼續阻擋著「波多馬克軍」，爲了協助東線突破僵局，薛曼和格蘭特的軍隊從西邊攻入南方六州，就沿路破壞鐵路、燒穀倉、毀損工廠，終致進入南方的棉田，阻擾南方農業收成。北軍用這種方式削弱南方的戰鬥資源，於是連帶北軍所到之處，也就開始解放黑奴。

解放黑奴，最早是基於軍事而非人道上的考慮。黑奴是南方最主要的勞動生產力，棉田裡沒有了黑奴，南方的經濟基礎也就受到致命的打擊，沒有經濟資源，南方的戰鬥力量和戰鬥意志必然遭受大幅削弱。

是在這樣的狀況下，南北戰爭的理由改變了。維護聯邦完整的理由，逐漸讓步給解放黑奴。

非南非北的「中西部」

一八六一年戰爭爆發之際，不管南方北方，沒有人預期戰事會拖延這麼久。戰爭不只愈拖愈久，而且戰況愈打愈慘烈，戰爭造成的人命和財產損失日漸龐大。南方不屈服，有自然的心理動機，那是保衛家園、保衛自身的生活方式，不受外力侵略與改變。但北方呢？

原先不讓南方脫離聯邦的理由，顯然愈來愈難維持北方的士氣，於是訴諸於人道，控訴南方蓄奴在道德立場上的缺失，就相形愈來愈重要。北方需要從現實主義的考慮，轉爲寄託在理想主義信念上的堅持。讓我們別忘了，美國建國的歷史基礎，尤其是北方從殖民之初便形成的傳統，是強烈的清教信仰……

於是戰爭的理由，從維持聯邦領土完整（territorial integrity）轉變爲維持聯邦道德立場的完整（moral integrity）。北方的立場變成美利堅合衆國不能允許兩套不同的道德標準，畢竟在清教徒的心中，只有一個上帝，上帝不可能認爲蓄奴在北方是錯誤的，在南方卻是正確的；不可能在北方無法容忍，在南方卻可以。

於是一八六三年，林肯以聯邦政府名義發布了「廢奴令」，一直到一八六五年戰爭結束，蓄奴與廢奴絕對不容妥協的衝突，變成了戰爭的唯一爭執點。

南北戰爭及其後續的影響，很明顯地構成了馬克・吐溫文學作品中的主要內容。而和馬克・吐溫個人成長、生活上關係密切的，還有剛剛所提到的薛曼和格蘭特帶領的「田納西軍」。

「田納西軍」的勝利，使得領軍的格蘭特被賦予了指揮「波多馬克軍」的任務，林肯進一步醒悟，將整個北軍的軍事領導權交出來，交給明顯比他專業、適任的格蘭特，戰局也的確就在格蘭特接手指揮北軍後大爲轉變。靠著這樣的成就，戰後格蘭特很容易就贏得支持，當選了總統。

「田納西軍」士兵的主要來源，是美國「中西部」的核心地區。談馬克・吐溫，不能不談「中西部」，什麼是美國「中西部」？先在美國地圖上找出密西西比河，這條在歷史上極爲特殊的河流。最早法國人到北美殖民，就是沿著密西西比河發展，在北方建立了魁北克，南方則有以法王命名的「路易斯安那」，意即路易王的領土，密西西比河河口的城市，則稱爲紐奧爾良，意思是新的奧爾良，另一個從法國搬來的重要地名。

今天我們所認識的紐奧爾良，是爵士音樂的發源地。這項歷史特色源自紐奧爾良的南方地理位置，從非洲來的黑人，如果要逃離莊園，相對容易到達。而且紐奧爾良受到法國影響，文化上和北美清教徒社會大不相同。清教徒信仰的嚴格教義，對音樂都抱持著懷疑、甚至拒斥的態度，認爲那是敗壞人心，使人耽溺於此世享受因而無法上天堂的因素。因而只有在法國文化影響的區域，黑人才能將從非洲帶來的特殊節奏，經由與當代歐洲音樂的接觸互動，繼承並創造成獨一無二的新音樂。那就是爵士樂。

醉心於統治歐洲的拿破崙，無心於遙遠的美洲殖民地，以賤價將路易斯安那賣給了美國聯邦政府，完成了美國從東岸第一波「西進」的過程，因而有了「中西部」。

密西西比河之子

以密西西比河為邊界的幾個州，最北邊是明尼蘇達州，然後是印第安那州、密蘇里州，這是屬於北方的；往南有阿肯色州、路易斯安那州。

沿著密西西比河形成的這幾個州，明顯不同於更東邊的原殖民區。最早來到的移墾者，一定會選擇條件最好的地區落腳居住，他們得到了較好的地區建立家園，當然不會有外移到未知地區去拓展的動機。向外拓展的力量，必然來自於社會中底層、貧窮、困苦的人們。有的是來得太晚，有的是在既有的結構中混不開無法自立，他們才會離開東部，往「中西部」走。

到一八六〇年代，「中西部」的開發大約經過了四十年。在自然條件上，「中西部」很適合農業發展，生產出來的作物又能夠經由五大湖及新建的伊利運河[8]，送到東北方人口密集的舊殖民區。經濟上相當發達，然而在社會地位與認知上，「中西部」無法和原有的東部地區平起平坐。雖然同屬於美利堅聯邦，不過先來和後到就是會有差別待遇。

在這種情況下，迎來了一八六〇年代的關鍵變化。這變化最主要是由戰爭所帶來的。美國內戰中留下了大量前線士兵寫回家的書信資料，來自「中西部」的士兵在信中經常流露出的普遍不滿是：我們在這裡冒著生命危險作戰，那些「東邊的傢伙」都在做什麼？爲什麼得到的消息總是東邊的波多馬克軍被阻擋了，以至於我們也沒辦法前進？

8 伊利運河（Erie Canal）：位於紐約州哈德遜河（Hudson River）與伊利湖之間，連結五大湖與大西洋水域。

一種新的「中西部意識」在戰爭的特殊情況中誕生了，有了可以發洩過去被東部看不起自卑情緒的新的自信與自豪。本來被「東部」視為落後，也自覺落後的「中西部」，卻發現在戰爭中，自己比來自繁華先進富庶的「東部」要來得強大有用多了。

這種地域意識的高下消長，對馬克・吐溫影響很大，是他作品不可忽視的重要背景。沿著密西西比河的這幾個州，正是在南北戰爭中地域觀念變化最激烈的地帶。本名叫薩繆爾・朗赫恩・克萊門斯（Samuel Langhorne Clemens）的馬克・吐溫一八三五年出生在密蘇里州，也就是密西西比河沿線最中間的那個州。

十二歲的時候，馬克・吐溫的父親去世，可想見他不會有太順遂的童年、少年時期。他父親留給他最重要的遺傳特性，是一直夢想著能遇到什麼事情而一夕致富。馬克・吐溫成名後，靠著賣書、演講賺過很多錢，然而一有錢他就熱中於各種可能暴發致富的投資，以至於竟然經常陷入破產的窘境。

父親去世沒多久，馬克・吐溫就離開學校，終止了他一生所受的正式教育歷程。他找的工作，是印刷工人，因而得以和文字一直保持著密切的關聯。他先擔任學徒，然後依照行業的古老習慣，完成工匠技藝訓練之後，他變成了一個journeyman（專業老手），離開家鄉去了各個地方。

在他的人生經歷中，這是個重要的身分，也是段重要的過程。如果不是具備技藝本事的journeyman身分的話，他不可能在那麼小的年紀就去到紐約、費城、澤西市……在許多地方都幹過印刷工人。

在費城，以革命歷史聞名的古城，馬克．吐溫深深地被富蘭克林的事蹟感動了，認爲自己和富蘭克林的少年成長經驗極其相似。

到一八五七年，馬克．吐溫二十二歲，累積了一點積蓄，開始作他雄心壯志的發財夢。他的第一個夢想，是到南美洲去，投資可可生產，想像自己可以變成大莊園主人，坐擁龐大財富。但顯然他想得太天眞了，那個時候光是要去到南美洲都沒那麼容易，旅程分爲好幾段，第一段要先上船，搭的不是海洋的航船，而是密西西比河南向航行的河船。馬克．吐溫立即被那樣的船上生活吸引了，於是他沒有去到南美洲，而是開啓了新的河上生涯，先是當水手，然後駕船，有四年之久的時間。

馬克・吐溫後來得到了「密西西比河之子」的稱號，他與他的書寫代表密西西比河。這個身分對他再重要不過，包括他的筆名，我們今天習慣稱呼他的名字——Mark Twain——是河道航行上的術語。河上航行和海中不一樣，必須一直注意河兩邊靠近岸的地方水比較淺，中間比較深，航行中要藉由觀察河水顏色判斷水深夠不夠，能否讓船隻安全航行，不會誤入太淺的水灘造成擱淺。駕船的人明白自己的船吃水多深，以此爲標準就在河中探測出一條想像的線，如果超越了那條線，就會有擱淺的危險。

Twain就是Between，如果喊出：「Mark Twain」，意味著船隻已經靠近安全航道的邊線了，不小心再偏過去的話，就進入水深不足的區域了。

二　鍍金的美國形象：湯姆・索耶

「中西部」意識的化身

一八六三年他開始在文章上署名Mark Twain（馬克・吐溫）。對我們來說，這就是一個名字，姓Twain名Mark，然而對於一八六〇年代居住在密西西比河沿岸，有著密西西比河航行經驗的人，聽到這個名字必定立即聯想起有人站在河船的船頭，大聲叫喊著「Mark Twain!」如此鮮活地召喚起河的印象與記憶……

他的名字、他寫作的題材，乃至於他的風格，是有著明確密西西比河的「中西部」地理連結。南北戰爭刺激了高漲的「中西部」意識，於是他的作品又進一步成了這群人、這種意識的集體代表。而代表中的代表，就是《湯姆歷險記》。

馬克・吐溫在《湯姆歷險記》（*The Adventures of Tom Sawyer*）裡寫了什麼？從這個歷史背景看，他藉著Tom Sawyer（湯姆・索耶）寫了一種特別的人，新興的「中西部人」。

湯姆成長居住的小鎮，叫作「聖彼得堡」[9]，和小鎮現實狀況完全不相符的名字。馬克・吐溫在密蘇里州長大的故鄉，也有一個華麗、雄偉、誇張的名字，叫作「漢尼拔」，以歷史上最了不起的迦太基大將軍[10]來命名。不要忽略這裡面隱含的訊息，這樣的名字，現實上散落在「中西部」各個地區，反映了移居到這裡來的人，內在的自大自卑心態。

在東岸，最常見的地名，是「新……」。New England（新英格蘭），New Hampshire（新罕布夏），New London（新倫敦），New York（紐約），New Bruswick（新布朗斯維克），New Jersey（紐澤西）……這些地方很清楚反映了當時殖民者的心情，到了「新大陸」、「新世界」，懷念自己所來的故鄉，於是就將故鄉的地名加上一個「新」，形成了剛來到落腳地的名字。

在西岸，完全不一樣，常見的地名是前面加了「San」（聖），San Francisco

---

9 聖彼得堡（St. Petersburg）：與俄羅斯直轄市同名。

10 迦太基（英語：Carthage）：位於今日突尼西亞境內，推測於西元前八一四年建城，因爲地處交通要道，商貿繁盛富極一時，並於一九七九年獲聯合國教科文組織登錄爲世界文化遺產。漢尼拔於西元前二一八年率領迦太基軍隊與羅馬交戰（史稱第二次布匿戰爭），前後長達十六年，是迦太基與羅馬勢力此消彼長的關鍵戰役。

（舊金山），San Diego（聖地牙哥），San Jose（聖荷西），Santa Barbara（聖塔芭芭拉）……還有一個重要的地名：Los Angels（洛杉磯），雖然沒有San，但意思指的就是「天使之城」。這種地名不可能出現在東岸清教徒的殖民區域裡，清教徒不會信奉這些「聖者」。「天使」、「聖者」……都反映了晚來移居到西岸的人，其中很多屬於天主教信仰，他們帶著自己的聖者、圍繞著聖者的儀式、教會與社群來到這個地方。

「中西部」和這兩邊都不一樣。「中西部」有些直接套用歐洲名城的地名，「中西部」有雅典、有羅馬、有漢尼拔……那當然也就可以有聖彼得堡。套用這些古典的地名，顯現了「中西部」意圖顯現自己有文化，源自擔心取的地名被東部人嘲笑的糾結心態。

馬克・吐溫將湯姆寫成了「中西部人」的原型。小說開頭，湯姆一出場，其形象就極其明確。湯姆不是個清教徒，他身上沒有清教徒的嚴格與紀律。湯姆幾乎是「模範男孩」的澈底對反。「模範男孩」代表的是從東岸清教傳統所產生的人，那麼對照之下，湯姆就是一種從「中西部」產生的新典型，這種人不具備

「模範男孩」的優點，從清教規範上來看很壞很糟糕，但他們不自怨自艾，反而帶著一點沾沾自喜的態度而如此偏離規範地活著。

在馬克・吐溫筆下，湯姆是那麼不完美的一個小孩，但馬克・吐溫不是用譴責的或悲憫的或嘲諷的或建立負面壞榜樣的方式來表現湯姆。湯姆身上各式各樣的壞，到後來不只要讓讀者不覺討厭，甚至產生幽微的喜愛與羨慕之情。馬克・吐溫了不起的成就，在於既淋漓盡致寫了湯姆的壞，卻同時有效地讓讀者非但不排斥這麼壞的湯姆，還產生對他的興趣和親近。

以遊戲心態化解苦差事

《湯姆歷險記》有很多不同改編版本，光是書的形式，就有改寫給不同年齡讀者看的各種長長短短版本，另外改編爲戲劇、電視、電影的次數更是數不清，不管是看什麼樣的版本，應該都會對小說的開場留下深刻印象吧！

兩個故事對於我們如何看待湯姆・索耶有關鍵的作用。第一個出現在第二章，湯姆粉刷圍牆的故事。週末的美好時光，湯姆卻不能出去玩，被罰要粉刷圍牆。他提著油漆，看著那麼長的圍牆，幾乎有了人生不值得活的痛苦之感，怎麼可能做得完的苦勞啊！

然而很快地，情況出現了大逆轉。來了一個笨孩子，好奇地問湯姆在做什麼。一方面出於愛面子的自尊心，一方面出於本性的狡詰，湯姆故意裝作很認眞地在粉刷圍牆，幾乎沒有察覺問話的人的存在。叫作「班」的這個小孩，原先知曉了事實，要幸災樂禍地嘲笑湯姆被罰刷牆，但湯姆故意不予理會，繼續用那種專注、甚至享受的態度漆牆。這樣的態度，當然不像是在接受懲罰啊！

湯姆的態度，誘發了班的好奇，進一步讓班心裡有了一點羨慕。他忍不住要求湯姆：「讓我刷一刷？」上鉤了。但湯姆並沒有輕易將刷子交給他，還要再吊一下他的胃口，故作爲難狀，然後勉強讓步：如果是刷後面，不是對著街上的那一面，還可以考慮，那一面沒有那麼重要，不必那麼講究。於是爲了要能夠和湯姆一樣刷正面的牆，班就得付出代價，拿出心愛的玩具來跟湯姆交換，拜託湯姆答應……

極其戲劇性的變化，本來是一場漫長的苦刑，卻變成了湯姆的資本！衆多的男孩紛紛聞風而來，用各種東西獻給湯姆，只求能換得機會粉刷圍牆。於是本來看起來怎麼樣都刷不完的圍牆不只刷好了，還刷了好幾層，一直到油漆全用完了，湯姆還在心裡暗自惋惜，如果還有油漆，應該就能將全鎮上男生手上有價值的好東西榨光了吧?!

這段很精采，馬克·吐溫接著半開玩笑在書中說：「假如湯姆像本書作者一樣是個滿腦子智慧的大哲學家，他如今當知，**工作**的內涵是人**非做不可**的任何事物。反之，**玩樂**的內涵是做不做都無所謂的事物。」[11]一件事是工作或遊玩沒有固定的答案，而是由我們對待的方式相對決定的。本來是苦勞的刷牆，被湯姆改造成了遊玩。湯姆如何做到的？靠著他的演技，掩藏了苦勞的強迫性質，裝出遊玩的自願態度，更重要的，他刻意扮演的語言和行爲，說服了，或說騙過了在旁邊觀看的男孩，以至於他們認定刷牆是最好玩的遊戲，爭先恐後要來刷牆。

---

11 本書引用《湯姆歷險記》、《哈克歷險記》摘文出自於宋瑛堂譯本，麥田出版。

頑皮男孩的商業智慧

另外一段同等精采、同等重要的故事在第四章。第四章的內容不管在內部劇情發展上或對讀者的閱讀效果上，都明確地是第二章的後續。

第二章中，湯姆藉由販賣刷牆體驗，收集到了大量「財產」，到第四章，他找到了運用這些「財產」的方法。在教堂裡，牧師鼓勵小孩背誦「詩篇」，每背一段可以換一張獎勵券，不同顏色代表背誦了不同數量的「詩篇」，最高等級是累積背誦了兩千句之後，可以換得一本全新的《聖經》以及牧師的特別表揚。

湯姆一句詩都背不出來，他帶著新賺來的「財產」去教堂，問人家手裡有怎樣的獎勵券，進行交易，很快就累積到了足可以接受特別表揚的程度。他挑選了一個關鍵時刻——作爲貴賓的法官帶著他的漂亮妻子來到教堂時，興沖沖交出手上的獎勵券。牧師怎麼可能不認識湯姆，怎麼可能不知道他是從來不背詩的！然而在貴賓面前，牧師投鼠忌器，不能讓人家看穿這件事，只好啞巴吃黃蓮，按耐脾氣表揚湯姆。

對於如此勤奮學習《聖經》的孩子，法官也很欣賞，在肯定、稱讚之際，也就順口說：「你費了那麼多心血去背，將來永遠不會後悔的……我知道你願意，因為我們大家都以勤學的小男生為榮。好，耶穌十二使徒的姓名，你絕對全知道吧。最初欽點的兩位名叫什麼，說來聽聽吧？」對於一個能得到牧師表揚的用功孩子，這是再簡單不過、再容易回答不過的問題，但靠著「財產」去換得表揚的湯姆，要如何回答得出來？

從閱讀效果上看，這兩段故事是馬克．吐溫要讀者接受湯姆頑皮行徑與個性的關鍵。湯姆的頑皮中有著一定的智慧，不是單純只會破壞、只會闖禍。湯姆不遵守規定，不是個一般意義下的好孩子，但這兩段故事給予讀者曖昧的感受，雖然無法認同湯姆，卻也不可能討厭他。湯姆這個角色不會激起讀者心中的厭惡。

還有，湯姆的智慧或急智，有著特別的性質、特別的來歷。那當然不是來自於世故的訓練，不是深厚文化的涵養，更不是來自嚴格的信仰訓誡，換句話說，他的聰明不是傳統式的，和英國、和東岸的清教徒傳統無關。

湯姆的聰明，尤其是他運用聰明的方向，帶著清楚的商業買賣印記。馬克・吐溫利用湯姆建立了一種新的形象，a new character，既是新的角色，也是新的性格。湯姆具備了適合做生意的能力與智慧，他打破規矩，然而在打破規矩過程中創造了前所未有、本來並不存在的生意機會。

湯姆將簡單的懲罰、簡單的刷牆「工作」，成功地改造爲「遊玩」，並且掌握這些男孩的心理，順利將刷牆當作遊玩機會賣出去。他又將原本也直接簡單的教堂獎勵機制當作生意，於是不必花費時間力氣，迅速換來自己在教堂裡的地位。湯姆懂得如何操控人的心理讓自己致富。

不只如此，湯姆還會用他的財富去換來更多的財富，只不過因爲他的年紀，他能接觸到的有限少年環境，讓財富的形式不同。但這兩個故事連環說的，就是一個原本身無分文的人，如何把握了別人看不出來的機會，那機會甚至被別人當作災難，他將災難逆轉爲機會，從中賺到了「第一桶金」，然後他還懂得善用這「第一桶金」，來換取自己在社會上的地位，以及換取被別人注意、看見的機會，那或許又可以給他帶來下一波累積財富的可能性。

再看湯姆和「模範男孩」有多大的差距吧！「模範男孩」必須花至少兩年時間一句一句去背才能得到的榮耀，湯姆轉眼之間像變魔術般就得到了。這先是「無中生有」，再來又是「利上滾利」。

投機致富的「鍍金年代」

《湯姆歷險記》小說開頭就閃現了靈光。內戰結束後，「中西部」興起了新的「中西部意識」，這份意識和資本、投資及投機密切相關。這也正是十九世紀中葉在美國掀起的潮流，其內在的力量和歐洲老牌的商業資本主義或工業資本主義不盡相同。

最主要的不同點，在於投機所扮演的角色，和所占據的分量。投機，其實正是馬克・吐溫最有興趣想做的事。以投機爲核心的資本主義，和以剝削工人勞動力致富的工業資本主義，很不一樣。

馬克・吐溫寫出了一種在密西西比河畔產生的新時代心理，這裡的人要改變態度，站起來和東部的人對抗，交換、交易、投機在這種心理中占有很重要的位置。清教徒眼中認爲道德敗壞的象徵，會讓人無法上天堂的缺點，卻被馬克・吐溫在書中寫成了那麼迷人的特質，在那裡面是有智慧、有價值的，而且還能具備集體的影響力。妥善運用那樣的智慧，湯姆就可以將所有的男孩操控於指掌之間，讓他們乖乖自願將財富送上來。

在美國歷史上有特殊的「鍍金年代」[12]，主要是因鐵路開發興建產生了龐大的財富，這些財富一方面掌握在極少數人手中，另一方面藉由股票的發行與炒作，刺激了廣泛且誇張的投機行爲。短時間內累積的財富如此龐大，投機而來的財富如此容易，都必然改變了人與財富之間的關係，改變了人運用財富的方式。

錢不再是錢，意思是錢不是透過辛苦勞動賺來的，因而花起來就不會那樣捨不得，不會保守。從而這群人創造了許多炫耀式的消費行爲，讓人看得目瞪口呆。社會並沒有整體的變化，這些少數的誇張花錢方式，像是在本來的生活面貌上鍍上薄薄的一層金……金光閃爍，卻都只在表層，都是爲了要讓別人看到的。

股票不是美國人發明的，然而股票與投機進一步連結，造成更大影響，卻是在美國，也就是「鍍金年代」前後形成的。開鑿運河、興建鐵路，這些大型工程在美國都由私人靠股票募資來進行，於是而產生了空前規模的投機熱潮。

從湯姆在教堂裡收集獎勵券，到范德比爾特家族[13]、洛克菲勒家族[14]藉鐵路、鋼鐵致富，成爲「鍍金年代」的主角，這中間有著明確的聯繫，標示了美國從清教國家轉型走上資本主義，尤其是帶有高度投機性格的資本主義道路。

在這之前，人們想到財富、談論財富，指的都是已經擁有的、可以控制運用的財富。在此之後，和財富相關最重要的事，變成了對於財富的追求，以及追求財富的方法。造成如此變化現象的關鍵因素，也就在於財富對所有人開放，愈來愈多人相信可以靠著自己的力量去追求財富、取得財富，這樣的心態，也很明顯

---

12 鍍金年代（Gilded Age）：十九世紀末期（南北戰爭結束後）美國經濟高速增長的年代，源於馬克・吐溫與查爾斯・華納（Charles Dudley Warner，一八二九—一九〇〇）合著的同名小說。

13 范德比爾特家族（Vanderbilt family）來自荷蘭，於十七世紀移民美國，因航運及鐵路而致富。

14 洛克菲勒家族（Rockefeller family）於十九世紀末至二十世紀初，因美孚石油（Standard Oil）成爲全球首富，勢力遍布金融、軍事、能源、教育等各方面。

地反映在小說中湯姆的行為中，連湯姆這樣的孩子在最不利的環境條件下都能創造財富，還有誰應該認定財富就是和自己無關的呢？

三　喜劇演員的嚴肅企圖

深植基因的發財夢

馬克・吐溫曾經說，他本來要以「讚美詩」的精神來寫《湯姆歷險記》，後來爲了讓讀者比較容易接受，轉而寫成了散文。這意味著在用心上，馬克・吐溫不只要在筆下產生一個特定的少年，描寫他獨特有趣、充滿戲劇性的生活，他要將湯姆寫成一個典型，而且是個可以受到推崇，甚至可以讓人們因而認識、體會上帝造物之妙的典型。

馬克・吐溫年輕時，曾經是個 humorous lecturer（幽默講師），有點像獨角喜劇演員，專門靠說讓人覺得好笑的內容來賣門票，娛樂觀眾，後來他自我轉型成了一個寫幽默文章的作家。從類似演員的演講者，到變成作家，儘管都在逗人笑，但畢竟在那個時代，其社會角色的期待是很不一樣的。

他會特別以「讚美詩」來比喻自己要寫的內容，有一個理由就是爲了顯現在寫作上的認眞態度。雖然寫的是會讓人發笑的頑皮男孩故事，但笑不是目的，在幽默、好笑的背後，有嚴肅的動機和更高的追求。

關於這件事，我們應該從頭說起……

馬克・吐溫的父親叫約翰・馬歇爾・克萊門斯（John Marshall Clemens），在馬克・吐溫出生前，他們家經常遷移，住過密西西比河上下游的好幾個州。馬克・吐溫出生後，這一家定居在密蘇里州，先在Florida（佛羅里達），Missouri（密蘇里），才又搬到漢尼拔。Florida名字和佛羅里達州一樣，卻是個小鎮，很小很小，人口只有四百五十人；漢尼拔的人口是佛羅里達的五倍，不過其實也只有兩千五百人左右。

雖然人少，但佛羅里達和漢尼拔都不是單純的村莊，而是藉由擁有河川航行潛力形成的小城鎮。如果能將佛羅里達所臨的河流稍加疏濬加寬，船隻可以航向密西西比河，這裡就能成爲主要航道分支的中繼點。看中了這個發展機會，馬克・吐溫的阿姨和姨丈一家先搬去了佛羅里達，馬克・吐溫的父親當時在肯德基，生活事業都不是很順利，所以就跟著搬過去。然而他們所夢想的河港前途遲遲沒有實現，一直維持著四百五十個人的可憐規模，所以才又搬到另一個看起來也有可能發展成大河港的漢尼拔。

姨丈是開雜貨店做小買賣的，而馬克·吐溫的父親擁有一點專業的法律知識，因而不管在佛羅里達或漢尼拔，馬克·吐溫家的生計形式都是開一家小雜貨店，主要交由馬克·吐溫的哥哥來照看，同時父親提供小城居民一些法律、書記相關的服務。

這是個收入或社會地位都不差的家庭，然而他父親相信佛羅里達或漢尼拔將來有機會進化成爲都市，就將手上能有的錢，甚至包括不屬於他的錢，都拿去買土地。買了很多地，花了很多錢，然而光是看他不得不從佛羅里達搬到漢尼拔，就知道他的投資是失敗的。

到馬克·吐溫十二歲時，父親去世，家裡沒有什麼財產，逼得他踏上了工作自學的道路。沒有錢、沒有家庭庇蔭讓他繼續受正式的教育，然而遺傳的因素太強烈了吧，以這種艱苦方式成長的馬克·吐溫，和他父親同樣相信一夜致富的投機夢想。

流浪各地當印刷工人，馬克·吐溫不斷在不同地方尋找可以賺大錢的機會。南北戰爭之前，馬克·吐溫在密西西比河上駕船，但戰爭給這個區域帶來了極大的動亂影響，所以馬克・吐溫就轉到西部去了。西部有一件很吸引他的投機事業，那就是淘金。他後來並沒有在淘金或金礦上得到財富，卻開發了他的另一項長處。他到了舊金山，開始擔任comic lecturer，或說是humorous lecturer。

表演經驗成為寫作養分

在淘金城，齊聚了各地來的淘金者或礦工，大家依靠夢想過日子，現實的生活極其苦悶，他們需要娛樂，但在這種臨時性快速發展起來的淘金據點，稍微像樣、複雜一點的娛樂形式是很難存在的。

Comic lecturer只有一個人，走到哪裡只靠一張嘴，沒有什麼其他配備需要，就能夠提供一屋子這種苦悶的人，在哈哈大笑中享受一點短暫的輕鬆。

馬克・吐溫這樣的經驗，在《湯姆歷險記》中也可以找到痕跡。小說中湯姆愛上了女孩貝琪，要吸引貝琪的注意，他就問貝琪有沒有看過馬戲團？貝琪說去看過兩次，湯姆則誇張地表示自己去過了很多次，而且告訴貝琪他將來要成為馬戲團裡的小丑。

其實comic lecturer的角色，最接近馬戲團裡的小丑。但他的配備條件比不上馬戲團的小丑，他只能用講的。《湯姆歷險記》、《哈克歷險記》（*Adventures of Huckleberry Finn*）這兩部作品中，很多最好看、最吸引讀者的地方都跟馬克・吐溫當過comic lecturer的經驗有關。

《湯姆歷險記》中有一段，星期一早晨醒來，湯姆的心情壞透了，怎麼會有人發明了星期一這樣的東西呢？那麼討人厭的星期一，應該要生病才對吧？但該生什麼樣的病呢？他先想到也許應該牙痛，但是如果說牙痛可能會被抓去拔牙，那可不得了！想著想著，最方便的是腳痛吧，於是好像就眞的覺得拇趾開始痛起來了。他哀聲嘆氣，但睡在旁邊的表弟依舊沉睡，沒有被他的哀叫打擾，以至於他不得不硬是把表弟推醒……

湯姆在扮演一個病人，而他如此入戲，開始對表弟交代遺言。表弟當然相信，被嚇得趕緊去叫他媽媽，就連阿姨這樣的大人，都被湯姆的表現弄得緊張起來。阿姨幾乎要相信湯姆患了有生命危險的重症，擔憂地問湯姆到底怎麼了？湯姆依然以哀嚎的聲音說：「我的大拇趾……」

這是典型comic lecturer會用的橋段，或說「哏」。因爲只有一個人，comic lecturer要有高度的扮演能力，想像我不是現在的我，我變成了其他人，或在我身上發生了特別的事。如何讓人發笑？想像著在自己身上發生極其嚴重的事，藉由扮演說服、影響了別人，卻自我破功，說出：「我的大拇趾……」

那樣的對比，一緊一鬆——那麼高明有效創造了假象，卻又如此拙劣不意地自己戳破了謊言——在敘述過程中抓住了讀者的好奇，而且創造了忍不住笑出來的閱讀娛樂效果。

這樣的手法，顯然就是在當comic lecturer時學到並反覆訓練來的。

自助人助的作家之路

先當印刷學徒、印刷工人，再到密西西比河上駕船，然後去到西部成爲comic lecturer，再轉型爲幽默作家，這是馬克·吐溫主要的生涯歷程。

作一個comic lecturer和幽默作家有著根本的差異，主要是兩者的社會地位很不一樣。Comic lecturer是伶優，靠討好別人維生的，尤其討好的對象還是那些掙扎著想致富的淘金者，其社會地位比同樣娛樂這些人的妓女高不到哪裡去。用說的和用寫的，即使表達同樣的內容，在社會的觀感上，就是有不同的認知。在轉型過程中，馬克・吐溫先學著如何將本來用說的笑話寫成文章，接著他還要掌握如何從寫有笑話的文章，變成寫帶幽默感的文章。

馬克・吐溫完成轉型的重要關鍵作品，是一八六七年出版的*An Innocents Abroad*，台灣出版過中文譯本，書名譯爲《老憨出洋記》。書的內容，寫的是「an innocent」，一個天真無知、傻傻土土的人，去到歐洲的經驗。這本書，再加上另一本*A Tramp Abroad*，可以譯爲《流浪漢出洋記》，顯現了一種美國人看待歐洲、想像歐洲的方式，應該拿來對讀亨利・詹姆斯[15]的小說作品，對比兩種極度不同卻彼此明確關聯的眼光，能幫助我們理解那個時代美國人嚴重的「歐洲情結」。

《老憨出洋記》用的就是comic lecturer喜歡用的架構，一個無知的人去到陌生卻又有很多文明規矩與造作的社會，如同《紅樓夢》裡寫劉姥姥進大觀園，這個無知素樸的人一定要鬧很多笑話，在那個格格不入的環境裡，他說什麼做什麼都自然成了笑話。不只如此，聽眾除了會被鬧笑話的主角逗樂，往往還同時嘲弄了那個裝模作樣的環境與人。

書中「老憨」最憨最天眞之處就在於他總是相信別人說的話，將歐洲人各種裝模作樣的話語都視爲眞實。另外更誇張的是他遇到其他去歐洲朝聖，將自己的歐洲經驗說得天花亂墜的美國人，他們老是說得好像自己對歐洲多熟似的，但如果眞的在歐洲去印證他們的話，十句裡有九句是胡說八道吧！

《老憨出洋記》受到歡迎，於是馬克・吐溫又寫了續篇 *A Tramp Abroad*，對我們這一代的人來說，看到「tramp」這個字，心底總是自然浮現出卓別林[16]在電

---

15 亨利・詹姆斯（Henry James，一八四三—一九一六）：美國作家，以小說著作最豐。代表作包含《碧盧冤孽》、《仕女圖》等。

16 卓別林（Charlie Chaplin，一八八九—一九七七）：英國喜劇演員、導演、配樂家，以「流浪漢」形象深植人心。

影中拿著拐杖戴大帽子穿著大鞋子的模樣。卓別林代表之一就是一九一五年的《流浪漢》（A Tramp），塑造了令人難忘的「流浪漢」形象。

馬克・吐溫成功轉型爲作家，有賴一位「貴人」相助，這個人是當時《大西洋月刊》的主編威廉・迪恩・豪威爾斯[17]。一直到今天，許多馬克・吐溫作品的版本上都還會引用豪威爾斯的評論、讚美說法。馬克・吐溫寫了對於當年密西西比河上駕船經驗的回憶，寄給《大西洋月刊》，豪威爾斯極爲欣賞，不只是予以刊登發表，而且持續鼓勵、支持馬克・吐溫，要他寫比較嚴肅些，不單純顯現幽默感的作品。

作品多次得以出現在《大西洋月刊》上，讓馬克・吐溫從一個邊緣的幽默作家，躍登爲主流的「正統」作家。

17 威廉・迪恩・豪威爾斯（William Dean Howells，一八三七—一九二〇）：美國作家、文學評論家，最爲人所知的身分是《大西洋月刊》的編輯。《大西洋月刊》（*The Atlantic Monthly*）一八五七年於波士頓創刊，創辦人包含作家愛默生（參見注40）與詩人朗費羅（參見注57），以文學及文化評論爲主。目前總部位於華盛頓特區，除文學外，亦關注政治及外交等社會議題。

四　美國人的自我認同，建構在對未知的好奇心上

「我就是美國人」

前面引用過的那段話，馬克・吐溫自我認知《湯姆歷險記》應該是一首「讚美詩」，就是寫在給豪威爾斯的信件裡。新教教會的禮拜儀式中，一般都以「讚美詩」開始，也以「讚美詩」結束。這樣的詩篇，主要是對於上帝及上帝所造世界的稱頌。馬克・吐溫《湯姆歷險記》本來是一首讚美詩，然而不是以詩的形式寫的，改用了散文，以便給這作品一些世俗的味道。

我們不排除馬克・吐溫說這話，有著討好豪威爾斯的動機。然而他如此鄭重其事地描述對《湯姆歷險記》創作上的自我認眞，應該還是提供了我們看待這部小說的不同出發點與不同角度。他的用意在於寫某種抽象的、普遍的思考，但改而用寫實、具體的人物與情節表述。「散文」指的不只是文句不押韻而已，也意味著動用了有血有肉的小男孩經歷，而非高蹈抽象的形容。但寫作終極的目的，不是這個小男孩，而是對於世界上某些現象、某些特質的肯定彰顯。

用這樣的態度閱讀，至少有三個值得肯定的原型、主題浮現出來。第一個是美國。《湯姆歷險記》出版後，馬克．吐溫就意識到這一點，讀者將湯姆看作是美國人的一種代表，他在出書後寫的反思筆記中寫了一段很自豪的話，他說：「我不是一個美國人（an American），我就是美國人（the American）。」至少從讀者的反應中，馬克．吐溫意識到自己成功寫出了一個代表性的美國典型，以湯姆呈現出專屬於美國人的特殊個性。

爲什麼讀者會將湯姆看作美國人的原型？這有時代和社會的背景。最普遍的背景，是十九世紀在西方高漲的民族主義意識。法國大革命之後，歐洲原來的舊政權、舊帝國模式紛紛瓦解了。舊帝國圈圍出一片主觀、偶然的疆界，不管這片土地範圍內有什麼樣的人，他們相信什麼、過什麼樣的生活，只要他們遵守帝國規定的外在行爲模式，帝國就視他們爲合格的、效忠的子民。舊帝國用這種形式，才得以將統治擴展到那麼大的土地面積上，但同時舊帝國所統治的，也就必然是低度認同、低度象徵性臣服的人民。

舊帝國形式被推翻了，取而代之的是新興的民族國家。民族國家背後有強烈的信念，認定必須是「同樣的」人群，才有道理構成一個國家，也才能組成長期存在且壯大的國家。倒過來，也就要求在同一個國家裡的人都應該有「同樣的」性質。

這裡就牽涉了構成「同樣」的條件。民族主義嚴格、狹義的追求一個國家內的人民應該都有一樣的血統，是生物學、遺傳意義上的「同樣」。但這種「同樣」實在太嚴格了，在歐洲的現實環境中很難眞的以血統爲標準來組構國家，因而又有了比較寬鬆、廣義的條件，以語言、文化、傳統生活習慣等其他性質，來定義「民族」。

這兩種定義，一直在民族主義內部形成緊張。二十世紀會有德國納粹的興起，會釀造屠殺六百萬猶太人的大悲劇，根源就是兩種定義衝擊之後所產生的極端激進態度。

民族主義是十九世紀席捲歐洲的巨大潮流，力量之大、影響之廣簡直難以形容。所有的地區，所有的政體都被捲入，都產生民族主義的糾結。這個時代最流行的集體問題是，我、我們屬於什麼民族，這個民族的來歷是什麼，這個民族的樣貌、特色又是什麼？如何理解這個民族的血緣、語言、傳統、歷史與文化？進而，這樣的民族會組成怎樣的國家，這國家在歐洲乃至在世界會有如何的角色與命運……

內戰後的美國新共識

帝國瓦解、民族主義興起，對於和歐洲隔著大西洋的美國也產生了很大的壓力。美國開始於殖民地，發展成移民國家，在政治組織上採用了鬆散的聯邦制。聯邦的基本精神是平等和自由，各州可以自由選擇加入聯邦，以平等的地位加入聯邦。聯邦以及其他州，沒有權力干預各州內部的事務，更沒有權力去過問這個州到底由什麼樣的人所組成，遑論去探問、檢查其血統或文化了。

即使美國有意識採取和舊世界保持距離的「門羅主義」[18]態度，到了一八六

18 門羅主義（Monroe Doctrine）：名稱來自第五任美國詹姆斯・門羅（James Monroe，一七五八—一八三一）。起因主要是阻止歐洲國家對美洲大陸進行殖民，同時聲明美國不干預現有的歐洲殖民地，也不參與歐洲國家內部制度。

〇年代之後，這種鬆散的聯邦主義畢竟還是愈來愈難維持。受到民族主義的衝擊，美國人不得不開始問：聯邦是國家嗎？在民族國家的激烈競爭環境中，聯邦能爭得一席之地嗎？不管美國要不要，國際競爭的態勢顯然都還是會將美國捲進去。

因而一個變化的傾向，就是讓聯邦組織緊實化，換句話說，要讓聯邦比較接近歐洲正在流行的國家體制。然而如果本來的美利堅聯邦現在要轉型為「美國」，那就不能不問，這樣的「美國」是個什麼樣的國家，和其他國家，例如之前的殖民宗主國英國，有什麼根本的差異嗎？

一八六〇年代，美國經歷了內戰危機，內戰顯示了美國真的不是一個「國家」，不是像歐洲民族主義所主張、所想像的那種堅實穩定的國家。北方是北方、南方是南方，有著很大的差異，差異幾乎撕裂了聯邦。北方贏了，硬是將聯邦維持住，但也就必須面對無法逃避的大問題：接下來呢？要靠什麼來保障這個國家真的是國家，能夠不要再分裂？如此明顯的南北差異絕對不容掩蓋，但怎麼辦？繼續保留南北如此巨大的差異，這樣的國家能運作嗎？

更嚴重的，南北戰後，南北雙方看待彼此差異，必然帶著敵意。北方人厭惡南方Rednecks[19]，南方人厭惡北方Yankees[20]，就連稱呼都是充滿歧視意味的。長久以來，北方人有北方的認同，南方人有南方的認同，這是歷史因素造成的事實，但南北戰爭凸顯、擴大了差異，戰後要收拾局面，就一定要找出北方人和南方人的共同點，想辦法強調共同點來壓過差異。

等於是存在了一個世紀的美國，在內戰後不得不重新自問、重新回答：「美國是什麼？」「美國人是什麼？」本來北方人覺得自己是美國、是美國人，南方人也認爲自己是美國、是美國人，但經過了戰爭的撕裂，這種理所當然的態度必然動搖了。要有新的美國定義、美國認同，那就得既非北方也非南方才行。

北方最清楚、最強烈的素質，必須從這個新認同中拿掉。那就是內在於清教傳統中的高度緊張意識，對於黑暗邪惡的神經質想像。同樣的，最是南方的特

19 Redneck：可譯爲「大老粗」，形容缺乏教育、思想頑固的鄉下人。

20 Yankee：洋基佬，原指移居美國北方的新英格蘭居民，後擴及所有北方人，亦帶有貶義。

性，莊園經濟、棉花田，尤其是觸動敏感神經的黑奴，也不能進入這個新認同裡。

在這個歷史時間點上，美國等待著、期待著一種非北非南的美國新形象出現，而馬克·吐溫就成功地應對了這份集體心情。

從具象到抽象的大冒險時代

馬克·吐溫寫出了怎樣的美國新形象？我們可以藉由《湯姆歷險記》觸及的另外兩個主題、原型來解釋。一個主題清楚寫在書名上，中文譯作「歷險記」，英文原文是adventures，冒險、探險的經歷。Adventure是十九世紀另外一個重要的關鍵字，adventure當然早就存在，不是十九世紀發明的，然而在十九世紀，這個字的意義、其背後的觀念，有了重大的改變。

Adventure的遠源，是航海大發現。從十五世紀開始，歐洲人前仆後繼去到海上，藉由遠航到了過去從來沒到過的地方，有了許多新鮮驚人的發現。幾個世紀間，他們熱切地去到每一個可以抵達的地方，同時記錄每一個地方不同的自然與人文異狀。

英國甚至特別成立了「皇家地理學會」，這個組織的宗旨說得再簡單、再清楚不過：「致力於完成全球地圖」。今天我們可能啞然失笑，啊，需要特別成立學會組織來繪製全球地圖？然而在當時，這是巨大的野心，很了不起的事業，他們要畫的是每一哩土地都經過踏查的精確地圖，涵蓋地表所有的區域。宣告這樣的野心，學會一成立，立即吸引了大批狂熱者，而且通常是富有的狂熱者參加、投入。有錢的出錢，有人的出人……

所需要的人，可不是一般的。要去北極、南極、亞馬遜雨林、撒哈拉沙漠、亞洲屋脊的高原高山……這些最極端最不適合人生存的地方，因爲不適合人生存，所以才到這個時候仍然未被認眞踏查記錄過。

這是大航海時代 adventure 冒險的主題。人懂得了如何準確衡量地球的大小，那是夢想與噩夢的開端，地球原來那麼大那麼廣闊，原來還有那麼多地方等著被踏查。幾百年的時間中，一艘艘海船開出去，去到過去歐洲人不曾踏上的土地，發現新的地形地貌、新的動植物，乃至新的人、新的文化；同時也忍耐新的氣候環境，不可思議的寒冷或炎熱，不可思議的降雨或乾旱。

經過幾百年，西方人當然知道什麼是adventure。Adventure激起的聯想是陌生、帶有危險威脅的遠方所產生的巨大召喚與誘惑。然而到了十九世紀中葉，adventure的觀念與行爲卻不得不有了改變。造成改變的一項因素，是這樣的冒險探查活動浮現了終點。最早量得地球大小時，要對這個地球畫出完整精確的地圖，那是多麼浩大的工程，這個使命如此艱巨，必須花費的時間簡直無法估計！十九世紀之後，隨著這張地圖上的空白愈來愈少，感受改變了——地球就這麼大，地表上的土地畢竟是有限的，我們即將擁有一張畫滿了的地圖。

這是個預見可以完成的工程了，雖然還沒有眞正完全，卻必然在人的心中刺激出想法：接下來呢？這裡面會有一種失落感，帶給歐洲巨大動能的大任務即將完成，歐洲人已經習慣的adventure難道從此就要消失不見了嗎？

於是在十九世紀有了關於冒險的種種新發展。一個發展是既然現實裡的未知即將斷貨，那麼就只好創造出一些想像的未知來滿足人的心理吧。於是有《海底歷險記》、有《地心歷險記》，進而人們對於天空開始產生高度的興趣，從月球旅行到火星歷險都出現在小說家的筆下——那是以想像所尋求、規畫的下一步冒險目標。

從科學到心靈的探索

這是擴延地表踏查冒險的一種方式。另一個方向則來自科學的奇特效應。今天我們學科學、想到科學，那就是爲我們將未知變爲已知，給我們明確答案的學科，科學是限制想像力的。然而在十九世紀，科學的發展經常反過來刺激了人豐富的想像。

例如說科學上發現了聲波現象，接著發現了電波，到發現光波，留在當時人心上的效果是：科學證明了許多我們看不到、摸不著，不能掌握因而不應該存在的東西，確確實實存在。我們原來活在「空間」裡，但科學告訴我們，其實我們活在「空氣」之中，「空間」不是「空」的，是有複雜成分所組成的「空氣」。雖然「空氣」看不到、摸不著、無法掌握，但氧氣、氫氣、二氧化碳確確實實包圍著我們。科學證明了，「空氣」是有重量的，「空氣」還有浮力，「空氣」是有成分的。

科學發展到一定程度，其成果便取消了人一般感官的有效性。「眼見爲憑」不是科學態度，科學要在看得見的感官感受之外去尋找世界的眞相。依靠感官，永遠不會知道空氣在哪裡，不會知道氣壓是什麼，更不會懂得如何利用電波將訊息傳到遠方去。日常生活中，我們從來沒感覺到皮膚被空氣壓迫，然而科學證明了每一寸皮膚其實都承受著極大的氣壓，依照科學計算我們人體表面所承受的氣壓，那是多大的重量啊！

在科學中如此具體，以嚴格程序證明的事物現象，卻完全避開了我們的感官。Adventure剛開端時，未知在遠方，要冒險就要乘船跨越海洋去到遠方。然而隨著科學的進展，人們發現就連自己身邊的事物，都充滿了未知。看到的、聽到的、經驗到的和「知道」有著極大的差距。我們不再能依照感官經驗來分別已知和未知，科學一方面提供確切知識解決未知，另一方面又藉由打破我們對感官的信心，而擴展了未知。

如果代表前一個階段冒險概念的，是整合的「皇家地理學會」的話，那麼最足以代表後面一個階段新興冒險概念的，應該就是十九世紀中葉在倫敦出現的「心靈研究會」了。這個組織也許沒有像「皇家地理學會」名聲那麼響亮，但千萬別小看，正是參與過這個組織的人之中，在歷史上一共出了八位諾貝爾獎得主，而且在沒有拿到諾貝爾獎的成員中，還有像佛洛伊德這樣的人物啊！

從成就上看，「心靈研究會」是個顯赫的科學團體，然而「心靈研究會」到底要研究什麼？研究靈魂，找各種方法試圖證明靈魂之有無，而他們所訴諸的方法中，就包括了傳統的催眠、招魂乃至靈魂出竅術等。

荒唐嗎？一群頂尖的科學家卻煞有介事地聚集在一起研究靈魂？放在當時的科學環境中，尤其考量當時的科學成果與效應，一點都不荒唐。科學證明了空氣的存在，證明了電波的存在，這些都是我們原先根本無法想像的東西，以此類推，如果科學能夠證明靈魂的存在，有什麼不對嗎？

像靈魂這種看不到、摸不著的東西，本來應該被科學從我們的知識中趕出去，現在反而又因爲科學而復活了，重新回到我們的意識中，變成了一個科學驗證的題目。

人開始回來看待自己身邊的未知事物。意識到身邊的未知不見得比遠方的未知容易處理，換句話說我們可以、甚至我們必須以探索遠方未知的勇氣與冒險精神同樣來探索切身的未知。用這種方式，冒險的意義被擴大，而且拉近了。

五　不受規範的想像力

美國男孩的冒險

什麼是冒險的對象？在《湯姆歷險記》中——或說「湯姆的冒險」——書中顯現得最迷人的，是處理「outlaws」。從散文式的世俗角度看，所謂的「outlaws」指的是那些從監獄裡逃出來的罪犯、不法之徒；然而若是從抽象的「讚美詩」的角度看，那麼「outlaws」有更廣泛、更普遍的意義，指的是不相信既有的規範規則，或著迷於探測那些既有規範規則無法解釋無法管轄的事情，這樣的衝動與行爲。

不相信既有律法所提供的答案，堅持要繼續碰觸、繼續探索，這就是廣義的「outlaws」，「outlaws」是一個領域，而不是特定的這個人那個人。「Outlaws」是探險的對象。

從這裡牽連到《湯姆歷險記》呈現的第三個主題原型。什麼樣的人會對「outlaws」最有興趣？像湯姆一樣的男孩。男孩（boys）和少年時代（boyhood）就是小說中寫出的第三個原型——作爲男孩的基本個性，作爲男孩的特質特性。

小說中鮮明地凸顯出「什麼是男孩」的主題。

馬克・吐溫在《湯姆歷險記》書前寫了一篇短短的序文，文章一開頭就宣稱：「本書所述之奇遇多數確有其事，其中一、兩樁是我親身的經歷，其餘發生在我的男同學身上。哈克的角色構思自眞實生活，湯姆亦然，但湯姆的範本不止一人，其特質融合自我認識的三名男童，因此屬於複合式架構。」然後又說：「儘管本書娛樂的對象主要是兒童，我希望成年人不會因此避而不讀，因爲我的原意之一是設法溫馨提醒成人的來時路，領會童年的感受、思想、言談，回憶小孩子的花招。」

這本書的目的，當然不會是要教男孩讀了之後去模仿湯姆，前面引用這段話的後半段才比較接近是馬克・吐溫的實話——要寫給大人們看，讓他們以一種懷舊的心情去回顧，作爲一個男孩究竟是怎麼一回事，在成長的過程中，男孩時期的經驗有什麼特色與意義呢？

小說鮮活地訴說著：眞實的男孩、小男生就是這樣，男孩、小男生就應該長這樣、像這樣。有了成長後得到的安全距離再回頭看湯姆，那就不是個別男孩的生活紀錄，而是經歷過「少年時代」的人都能找到認同的具體代表。也可以換相反方向看，如果有男人對湯姆完全無法認同，無法在湯姆身上找到自己的某種回憶形影，我們就會忍不住疑惑：「那你怎麼長大的？難道你的男孩時期過得像『模範男孩』席德那樣嗎？不會吧……」

經過馬克・吐溫的小說敘述，產生了弔詭的效果，我們感覺到所謂的「模範男孩」，本來應該是男孩典型的，一點都不像男孩！更戲劇性點說，正常的、對的男孩就不是男孩了！

「模範男孩」被視爲是正常的、對的男孩，卻不是眞實的男孩。不鬧事、不搗蛋，更重要的，從來沒有參與過任何冒險行動，怎麼能算個男孩呢？小說中寫出了男孩的原型，希望讓過了男孩階段的成人一邊讀一邊點頭說：「是啊，我小時候也曾經這樣……」「是啊，我也經歷過這樣的事……」

男孩有什麼樣的典型個性呢？男孩的第一個特點，是坐不住。也沒有辦法耐心聽人家講話。他隨時會感覺到無聊，隨時要找到方法讓自己動，讓自己不無聊。男孩的好動來自於他沒辦法按照別人的規定去做事，他只能做、只想做自己有興趣的事。而會引發男孩興趣的，是沒有明確程序、不會有固定結果的事。

男孩的第二項特點，是充滿了想像力。延續第一點而來的，他無法單純活在現實的世界裡，他經常藉由想像進入另一個世界，一個比現實有趣，有更多可能性的世界。

以想像力自我防衛

湯姆是個極具想像力的男孩，在小說中馬克・吐溫精確地刻畫了什麼樣的事物會誘發湯姆的想像。在此之後，幾乎所有對男孩的描寫，都要依循馬克・吐溫所示範、所指引的方向。

男性作家筆下的男孩，和女性作家筆下的男孩，會有根本的、可以明確辨識的差異嗎？也許我們可以試著用男孩何時開始動用想像力，作爲試驗的標準。自己經歷過男孩成長階段的人，會像馬克・吐溫那樣精確地指出：男孩通常在挫折、沒面子的狀態下開始動用自己的想像力。這是不曾作爲男孩活過的女性最難掌握的一點。

想像力是男孩渡過心理難關最重要的依靠。遇到自己不願接受的情境時，他會需要想像力，除此之外的其他時刻，他沒那麼需要想像力，他的想像力也就不會那麼發達。這是不曾當過男孩，或遺忘了男孩經驗的人最難理解、最難準確掌握的。

一個男孩不會在遇到心儀的女孩時產生種種想像，不會在高興的時候動用想像，也不會習慣借用想像來處理悲傷。想像力最主要是讓自己離開不愉快、不舒服的情境。

被處罰在週末刷圍牆，不只是不能出去玩，不只是必須忍受勞動疲憊，而且在人來人往的地方公開自己的處境！這是多麼丟臉多麼難以忍受的事。因而，湯姆立即就變聰明了，立即調動了豐富的想像力，在其他男孩面前將處罰搬演成享受，順利脫困。

湯姆闖過多少禍，有些被發現了，有些沒有。但小說中有特別的一段，糖罐明明是「模範男孩」席德打翻的，阿姨卻理所當然認定也是湯姆犯的錯。湯姆被冤枉了，來不及辯白就先被打了一頓。瞬間湯姆又沉浸在想像中了。他開始想像對著阿姨說，如果我死了，你會很後悔很後悔，如果我死了，妳會一直痛苦地想起自己竟然這樣對待一個小孩……

湯姆最重要的想像，貫串整本小說，甚至成爲推動劇情的主要力量，就是想著「如果我不在了」……如果你們突然都找不到我，如果我得了不治之症即將死了，如果我眞的死了……

男孩想像力豐富，然而想像力往往是他自我保護的工具，或說防衛條件。

對非現實世界的嚮往

男孩的第三項特點是，他們最羡慕、最嚮往的就是outlaws，只要能夠不在對的地方做對的事，對男孩來說都很有趣。不管什麼事，只要大家認定應該在這裡用這種方式發生，對男孩來說就很無聊。

《湯姆歷險記》小說前段教堂的場景頻繁出現。湯姆去換《聖經》的戲劇性情節寫完了，沒隔多久，馬克・吐溫又把我們帶到教堂去。再度發生在教堂禮拜場合的這一章，和小說全書的劇情推動幾乎沒有必然關係。這一段的重點在於描述「無聊」。

這是一種男孩主觀感受的無聊。時間彷彿停滯不動了，怎麼等都等不到禮拜結束。最是痛苦難耐時，來了救星。教堂裡進來一隻甲蟲，腹部朝上躺在那裡，又有一隻小狗發現了這隻甲蟲……那就是不預期地在不該出現的地方出現的事物，就產生了對男孩最大的吸引力。

男孩也擁有豐富的感情，卻不知道該如何表達。男孩隨時可能在精神意識上走出現實，進入只屬於自己的另外一個世界。男孩崇拜outlaws，遠一點的他們羨慕海盜；近一點的他們羨慕班上被老師認爲是最壞最無可救藥的那個學生，他可以不必穿乾淨的衣服，他高興遲到就遲到，眞是了不起啊！

Outlaws的世界還有抽象的、隱喩的一面。那是湯姆相信的種種咒語。湯姆具體的冒險，始於哈克撿了一隻死貓。從此兩名男孩進入了一個詛咒術的環境中，談論、探討各種超自然的效果，想像自己可以靠這些神祕的法術來超越現實。

湯姆特別回去拿了他的彈珠盒，相信有一種方法可以把自己過去丟掉的所有彈珠都召喚回來，興奮地施了法術，滿懷期待鄭重其事地打開彈珠盒……湯姆的心靈進入了那個不依循現實法則的outlaws世界。

盒子打開後，裡面竟然還是只有一顆原來的彈珠。湯姆立即的反應是：怎麼可能！過去聽過的法術故事，明明都是成功的啊，怎麼可能會失敗？哪有法術會失敗的事？於是接著小說就為我們展現了男孩的outlaws世界，「自身不是法則的法則：不可能是法術、咒語失效，沒有產生預期的效果，一定是有巫婆在搞鬼。而且還有方法可以證明真的有巫婆介入，因而依照這個世界的運作，巫婆很厲害，最好不要招惹。

過程中，突然連原本放在盒子裡的那一顆彈珠都不見了，於是依照outlaws世界的作法，拿出另一顆彈珠，叫它去把失蹤的伙伴找回來，跟隨著那個彈珠，竟然就將原先失蹤的找回來了。於是湯姆重拾並更加堅定了對於這個非現實法術世界的信念。

充滿冒險精神的美國社會

《湯姆歷險記》中湯姆是男孩的原型，然後馬克・吐溫還要將男孩和冒險緊密地聯繫上。前面解釋冒險觀念與活動在歷史上的轉變，變化到這個階段，剛好是最適合男孩的。

必須經過海上航行去到未知的遠方，那種冒險只能由成人來進行，而且還得有組織地進行，所以才產生了歷史悠久、規模龐大的「皇家地理學會」。那樣的冒險需要特定的社會條件，別說男孩，一般成人再怎麼想冒險都無法要去就去。要有能力要有資產，還要有組織的支持與協助，否則就無從進行冒險、參與冒險。

那幾個世紀中，在歐洲出現了Adventurers' justice。去冒險的，至少籌畫及帶領冒險的人，必然都是貴族，或社會上擁有財富與地位的人。沒有貴族貢獻財富，有時甚至貢獻生命，不會有冒險事業，當然也就不會有冒險的結果。他們給自己找折磨，必須耐寒耐饑，將財富浪擲在本來可以不必花費的地方。那樣的社會結構是不公平的，貴族擁有不成比例的財富與享受，然而冒險讓他們有了較大的付出，使得原本的不公平相對地稍微變得公平一點。

然而也因此產生另一種不公平：不是人人都能去冒險。十九世紀冒險觀念的改變，加上科學效應弔詭地復活了outlaws世界的吸引力，於是冒險開始對愈來愈多人開放。每一個人身邊都有可供冒險的機會，端視你是不是一個敢冒險、愛冒險、會冒險的人。

馬克．吐溫告訴我們：只要是「正常地」像湯姆這樣長大的男孩，就一定會去冒險，因為在他生活周遭有太多冒險的誘惑了。也因而閱讀《湯姆歷險記》不能犯的一個錯誤是，認為湯姆的「歷險」是從去墓園或進了山洞開始的。在墓園裡目睹的事件，隨著印第安人的行動，是很驚險，於是如果望文生義理解「歷險」的話，會以為這是「歷險」，而小說在此之前的部分，不過是前導、鋪陳。前面的內容讓我們認識湯姆這個男孩，後面才由他帶我們去「歷險」。

如果這樣讀，那意味著小說一直到將近一半的地方，才出現了具體的outlaws，才進入「歷險」的主題。然而這部小說之所以成功，就因為並不是採取如此延宕的結構。小說從一開頭就彰顯了廣義的outlaws，而且讓outlaws將冒險的氣氛從頭貫穿到尾。小說記錄的，是湯姆在日常看不到、也無法被日常化的世界裡的一段又一段經歷。

毫無疑問，《湯姆歷險記》可以提供高度的閱讀樂趣，告訴那些沒有當過男孩的讀者到底什麼是「男孩本色」，同時這部小說也是以湯姆作爲男孩的原型典範來書寫美國，或說在重新定義：「美國是什麼？」

美國就是個一直帶有男孩個性、不斷持續橫衝直撞冒險的國家。內戰之後的美國讀者，興味盎然地閱讀《湯姆歷險記》，熱情地在這本小說上附加了這層特殊的意義。

美國不是個「民族國家」，然而在十九世紀歐洲民族主義狂潮席捲下，美國人被迫去想像去追求，自身作爲一個國家的統一特性。因爲在當時民族主義的信念下，缺乏統一特性的國家，那就是傳統舊式的帝國，注定必然會被淘汰，而且現實上這樣的舊帝國也的確正在陸續瓦解垮台。

作爲移民國家，美國不斷在變化。新的移民帶來新的元素，衝擊了原有的結構與原有的認同。因而，美國就必須不斷地在不同階段調整關於國家統一特性的答案。可以不誇張地說，要有一次又一次不同時期的soul searching，探尋自我國家靈魂的努力。

正因爲不是個民族國家，美國反而要經歷過更多的「民族」探索，借用班尼迪克・安德森[21]經典名著書名，美國人一直不斷在打造自己的「想像的共同體」（Imagined Communities），藉由一次又一次的想像刻畫，美國才得以變成這樣一個凝聚而未分裂的大國。在美國的文學史上，一代又一代重要的作家寫出了一個又一個精采的答案。《白鯨記》給了一個答案，亨利・詹姆斯的所有小說作品給了另一個答案，海明威[22]和所有「硬漢小說」的作者又給了另外的答案……

這種小說，法國人就寫不出來。不是因爲法國人不聰明或法國的文學不夠發

---

21 班尼迪克・安德森（Benedict Anderson，一九三六—二〇一五）：東南亞研究學者，《想像的共同體》爲其代表著作。

22 海明威（Ernest Miller Hemingway，一八九九—一九六一）：美國記者、小說家。著有《太陽依舊升起》、《老人與海》等作品。

達，而是作為民族國家，法國社會沒有這樣的強烈需求。創造一個民族國家所需要的種種神話與故事，在法國早就有，也早就固定下來了。

在內戰剛結束時，美國人藉由閱讀《湯姆歷險記》而接受、相信：美國作為一個國家，美國人作為一個「民族」，儘管他們來自不同地方，因為不同理由前來，然而終究他們具備了集體的、共同的特色。美國是個不只年輕，應該說長不大的社會，美國是個冒險的社會。一直到今天，我們都還很容易遇到用這種方式來描述美國、理解美國的例子。

西部片：冒險與正義的實踐

馬克·吐溫顯現了「中西部」，顯現了美國人進入「中西部」墾殖之後發展出的個性。到了二十世紀，我們就看到了這一波精神的延續，好萊塢電影出現了廣受歡迎的類型——西部片。什麼是美國人？西部片中展現的就是持續不斷去拓荒，去到未知的地方，去經歷、去感受所有未知的危險，而甘之若飴。

西部片看久了看多了，會察覺到和剛開始看很不一樣的精神。剛看時會知道到西部去有一定的動機，爲了解決在原來的地方活不下去的困難，爲了尋找屬於自己的土地，爲了夢想淘金致富，爲了逃避在舊居地惹的麻煩或闖下的禍……然而一直看下去會知道，其實這些動機都不重要，眞正重要的是那份堅持一定要到西部去的決心。那是更純粹的一種去到未知之地的衝動。

另外，西部片也繼承了男孩式（boyish）的性格。我們很難想像在其他地方，會出現像西部片這樣張揚違法犯紀的人，也就是outlaws。罪犯從來不曾被用如此正面、散放光輝的方式呈現。

西部片裡有一些英雄警長，然而和英雄警長一樣多，甚至更多的，是英雄盜匪。很多西部片裡，警長非但不是英雄，還是最大的禍源，墮落敗德，有待英雄盜匪來收拾他們。電影的高潮對決場面中，警長失敗倒下去了，全場觀衆隨而發出歡呼之聲。還有一些西部片中，警長之所以成爲英雄，不是因爲執行法律，反而是放棄了僵化無用的法律，依照自己心中更素樸也更明確的正義觀念行事。換句話說，警長也是outlaws，甚至警長才是眞正的outlaws。

說到西部片，一定會提到約翰・韋恩[23]，一定會提到他所扮演螢幕角色的共同處——trigger-happy（愛開槍的）。他們不忌憚運用手中的槍，他們樂於經常按下扳機擊發子彈，而且開槍時，不只他們是快樂的，連看電影的觀眾也是快樂的。槍與子彈，快速拔槍和準確命中的能力，才是西部片中的正義。正義在這些人的心中腦中及槍底下，而不在法律裡。表面上是法律化身的警長，實質上是個outlaw。愈是不在意法律，將正義放進自己手中以個人方式實踐的，愈是能夠在西部片中發光發亮的主角。

西部片中警長所呈現的這種law和outlaw的曖昧，到現代就發展成為美國弔詭的律師角色。一方面是法律的專業掌理者，但另一方面又是社會上最惡名昭彰的outlaws，藉由他們對於法律近乎壟斷性的理解，發展各式各樣專業技能，他們反而幾乎超越了法律，法律無法規範限制他們……

西部片的主題，原先是篷車拓荒，路途中遭遇的艱險，場景是有著豐饒土地，作為旅程終點的加州。但到後來西部片就逐漸離開了加州，將焦點轉移到亞利桑那州或新墨西哥去。那裡是有著大片大片沙漠的不毛之地，那是從來沒有眞正被人成功開墾的荒野。

以加州爲背景的西部片，主場景通常是一個小鎮、一條黃泥主街。有盜匪或印第安人要來侵犯，於是警長必須挺身而出保衛大家千里迢迢移居新建的家園。約翰·韋恩扮演的警長是英雄。那是law和outlaw的交界。

到了以亞利桑那或新墨西哥爲背景的西部片中，outlaws的形象就更清楚了，換作是柯林·伊斯威特[24]飾演的角色成了英雄。他們是到處流浪的槍俠，拔槍奇快的神槍手，獨來獨往，沒有固定的社會身分。這樣的人，他身上沒有警徽，只靠著冷靜淡漠的性格，以及掛在腰間的槍，用自己的方式面對混亂西部的所有不公不義。他就是律法，也因而沒有任何律法可以管轄他。

23 約翰·韋恩（John Wayne，一九〇七—一九七九）：美國電影演員，充滿男性氣概的角色特質，使其成爲西部片的傳奇人物。

24 柯林·伊斯威特（Clint Eastwood，一九三〇—）：美國演員、導演，於七〇年代以「鏢客三部曲」成名至今，仍創作、演出不輟。

清教徒與outlaws之間的調和點

西部片中反映出來的美國人自我形象，可以追溯回《湯姆歷險記》，找出清楚的發展軌跡。

美國人自我形象的確立，包括了必須和殖民始源的英國人區分開來。美國人和英國人最大的不同，在對於所有成文規範與外表儀節的不耐煩。所有的成文規範在美國幾乎都會存在著對立相反的東西，和這成文規範同等重要，甚至更加重要。

英國男孩最突出的成長經驗，是在寄宿學校裡接受嚴格的管理，從很小就不時會被老師、校長或舍監抓住狠狠打屁股。由這樣的創傷中，產生了英國人對「少年時代」特別的陰暗看法。男孩時期留下了許多創傷，幾乎永遠無法療癒的創傷，不斷持續扭曲著英國男人的生命。英國男孩和湯姆相比，他們是陰鬱的，乃至於帶有相當程度的陰性氣質。英國人不可能用像《湯姆歷險記》中那樣正面看待男孩時光，男孩是英國人必須克服的痛苦階段。

美國聯邦建立之初，東岸新英格蘭地區的清教信仰是社會價值主流，強調的是個人內在的自我紀律，比外在的法律更重要也更嚴格。經過了一百年，美國變大也變多元了，如此嚴格的清教信仰對新的社會來說，愈來愈令人窒息。因而在最極端的律法約束中，產生了對於outlaws的興趣與想像，作爲某種解脫出路。

對於outlaws的興趣與想像，當然會和原有的清教信仰有緊張衝突，不能理所當然進入成人的正式心理結構中。馬克・吐溫成功找到了一種調和的方法，選擇湯姆這樣一個代表性的男孩，將這樣的心理寫成男孩經驗，避開了與原有社會主流意識的正面衝突。

美國一方面有最嚴整的律法制度，但另一方面又發展出對於outlaws充滿好奇興趣，甚至英雄式羨慕崇拜的態度。統合這兩方面的，就是男孩意識，將長不大，維持男孩式的生命情調，視爲正面的價值。例如在美國說一個人reckless（魯莽、輕率），只是個正常的形容描述，然而在英國說一個人reckless，那就是嚴重的批評指責了。

美國人的自我形象一直在歷史中延續變化著。其中具備男孩性格的部分，到了二十世紀後半，曾經受到強烈的檢討與批判。例如女性主義態度到高漲的性別意識討論，紛紛觸及了美國集體價值中不只歧視女性，而且是以一種男孩式的眼光來看待女性，中間有很強烈的侵略性，將女性視爲欲望、征服的對象，卻又感受害怕女性的威脅。這樣的傳統態度，是美國社會許多問題的根源。

《湯姆歷險記》並不像表面上看來的那麼輕盈，只是一部熱鬧、高潮不斷的青少年冒險小說。這部小說在特殊的歷史時間點上，發揮了打造美國新認同與新原型的作用，而且有效地予以傳播，了解這個背景，我們會讀到很不一樣的《湯姆歷險記》。

六　蓄奴制度的前因後果

北方的清教徒與南方的契約奴工

美國南方比北方南邊，這是明顯的廢話，但還是值得提醒，因爲美國國土的規模，南北的氣候風土差異很大，我們應該放在心上。

另外在理解美國南方時也該放在心上的，是美國南方的開發晚於北方。英國清教徒渡過了大西洋，在北方上岸，建立了「新英格蘭」，這是美國開發的起點。這些清教徒到了「新大陸」，心中清楚明白，雖然是英國的國民，但自己更重要的身分，是上帝的子民。就是因爲作爲上帝子民的信仰，和作爲英國國民必須信奉英國國教的要求，在他們心中產生了劇烈衝突，他們才會遠離家鄉去建立殖民據點。

南方不是這樣。較晚才有殖民者定居的南方，是先被英國皇室宣告爲海外領土，然後再將墾殖這些土地的權力交付給願意移居去開發的人。也就是這些南方的開拓者，並不像北方的那樣自由前往，自由選擇在哪裡定居在哪裡建立他們的殖民地。南方的人是先向英國皇室申請了執照，通常有了正式的組織，才出發去北美的。

例如美國早期很重要的地區Virginia，後來的維吉尼亞州，革命立憲後很多位總統都出身於維吉尼亞，在政治上有著和波士頓同等的分量，其地名的來源，就是Virgin Queen，指終身未結婚的伊莉莎白一世。南方還有很多和「查理」（Charles）相關的地名，指的是由查理國王，查理一世、二世，發給執照去開發的土地。

美國南方和英國的關係，遠比北方要來得密切。去到南方實質承擔開發工作的，很大一部分是indentured servants（契約奴工），這樣的身分，也是來自殖民母國。許多人知道，在大英帝國的發展中，澳洲曾經被當作是遠洋的監獄，將那些被認定該和「正常」社會隔離的人，放逐到幾乎沒有機會可以回來的地方去。早期澳洲收容的，主要就是這些罪犯。去到北美的勞動力其社會等級高一點，不過其實也沒多高到哪裡去。

Indentured指的是合約，這些人是和英國皇家、英國政府或合法領有殖民執照的公司簽了合約的工作者。合約的固定條件之一，是等他們工作期滿後，可以在北美得到一塊土地，成爲自由的墾殖者。他們會願意簽這種近乎定期賣身契的合約，老遠移居到大西洋那一岸，顯然在原來的英國社會必定混得不是那麼好。

這些人合約期滿後就能得到自己的土地，加上在英國本來沒有什麼工作、事業基礎，絕大部分會選擇留在北美南部。早期清教徒居住在北方，一方面因爲當地的緯度與氣候，比較接近家鄉，另一方面，北方相對嚴酷的環境，符合他們的宗教基本價值觀。人不是生來享受的，在清教徒的信念中，愈是能勤勞吃苦，就愈是證明了你是合格的上帝子民，在上帝的全知全能計畫中，給了你可以上天堂的資格。清教徒有一種自願受苦（voluntary hardship）的生活態度，不會要選擇最容易可以應付的環境。對他們來說，人在世間，屬於人的世界裡，過得舒服的話，就必然減損了死後未來進入屬於上帝的世界，進入天堂的機會。在生產上和居住上，清教徒都不追求舒服，而是相信透過勤苦和折磨得來的生活，才符合未來永生幸福的利益。

晚來的契約奴工沒有這種宗教上的顧慮，他們去到的南方氣候溫暖、土壤肥沃，於是他們從事的農業工作就不是自給自足的，而是和英國母國關係密切，帶有出口最大化利益的傾向。他們在土地上種什麼收成什麼，就會視英國、歐洲需要什麼而調整。

工業革命改變勞動市場

一七七〇年左右形成的這些南方殖民地，最早的農業生產選項是菸草，因爲正值抽菸作爲一種享受，在英國、歐洲快速普遍，從原本的貴族階層延展到中下階層間。不過菸草種植有個麻煩的地方，會在很短時間內枯竭地力，連續種菸草種了幾年，收成就快速下降。因而如果要得到持續的菸草生產結果，就必須不斷獲取新的土地，擴張種植的面積。菸草生產是促成了南方農業面積快速成長的主要動力。總面積增長，而且每個生產單位所擁有的土地面積也在增長。

不過北美菸草生產很快就有了競爭的對手，那是自然條件更佳的中美洲，從墨西哥開始往南，有愈來愈多的土地開闢爲菸草田，在這種情況下，美國南方的農業有了壓力要尋找新的主力作物。

由航海大發現帶來的變化，給予十八世紀的歐洲宮廷許多新的享受，例如原本不在歐洲習慣食物範圍內的米，這時便成爲奢侈品開始流行起來。種植稻米需要有特殊的自然氣候環境，還需要有一定的農業技術，都不是原本歐洲所擁有的。美國南方有可以運用在稻米生產上的自然條件，不過同樣都是由歐洲過去的這些人，缺乏種植稻米的經驗與技術。

在這時候，美國南方除了有英國殖民者之外，還有法國人。法國在拓展殖民地的過程中去到了非洲，而法國擁有的非洲殖民地，主要集中在北非和西非。北非地區有歷史的淵源，是沿地中海航路開發中占領下來的，不完全是帝國主義殖民的結果。眞正屬於帝國主義時期擴張的，主要是西非。於是透過鄰近的法國殖民者，開始引進來自西非，具備有本土種植稻米經驗的黑人來到美國南方。

稻米生產一方面需要密集的勞動力，另一方面又需要有懂得創造水田進行灌溉等繁複程序的經驗。爲了保證稻米能長得好有收成，又需要先讓米粒發芽，然後用一定的方式插秧到水田裡，這同樣需要技術。

因而從歷史上看，美國之所以引進非洲黑人勞動力，是爲了種稻米，而且與附近緊鄰著法國殖民地有關。不然以當時這些英國殖民地自身的條件，要如何去到非洲找這麼多人來？

從非洲來的這些人，剛開始到達美國南方時，並不是奴隸，他們的地位相對比較平等，和白人之間也有比較多的混合互動。要到再下一波的經濟生產環境大變動，才逐漸形成了嚴苛、恐怖的奴隸制度。

十八世紀末、十九世紀初，一種新的作物取代了稻米，成爲美國南方最主要的出口物品。那就是棉花。棉花的發展，有漫長的歷史，而且是牽涉廣泛的重要歷史主題。棉花生產的背後，是從英國發源的工業革命，蒸氣推動的機器取代了人工，而最早運用這種機器大量生產的，就是棉布。瓦特[25]發現了蒸氣的巨大力量，史蒂文生[26]發明了將蒸氣運用在火車上的技術，然而在這兩項大突破之間，

25 瓦特（James von Breda Watt，一七三六—一八一九）：英國人，因改良蒸汽機成爲工業革命的推手。

26 史蒂文生（George Stephenson，一七八一—一八四八）：英國人，機械工程師。他將蒸汽機運用在煤車上，也建造了第一條蒸汽機鐵路，被稱爲「鐵道之父」。

蒸氣其實已經先被運用在推動織布機上了。

工業革命加上「圈地運動」[27]，使得眾多英國的傳統農民失去了土地，流離到新興的都市成為最早的工廠工人。由紡織工業帶動的新興都市中，最有名的是曼徹斯特，這個城市也就成了最早見識到工業革命帶來種種問題的核心地區。因而才會有馬克思[28]身邊最忠實的朋友恩格斯[29]，和馬克斯一同發展工人無產階級革命理論，恩格斯就是曼徹斯特紡織工廠的少東。

機器進行的紡織生產，和原本的手工生產速度有著天壤之別。於是在很短的時間內，從英國、歐洲到全世界，所有的手工紡織生產都感受了機器棉布的無情競爭推擠。機器生產的愈多，大量生產的廉價棉布就賣到愈遠的地方，摧毀了當地本土的傳統紡織業，也就同時創造了愈來愈大的機器棉布市場。倒過來刺激了更多機器紡織工廠成立、運作，製造出更多的機器棉布來。

相應的，當然就有了愈來愈多原料的需求。短梗棉花品種的普及，加上氣候土壤條件，還有廣大未開發土地可供立即開墾為棉田，就使得美國南方成了這波工業革命中最主要的棉花原料供應地。

隱身於棉花田裡的黑奴

從種稻米到種棉花，農業技術的需求降低了，相對地，農地上勞動力的需求卻提高了。而且棉花種植所需要的，是極其艱辛的勞動。在美國南方的語言中，留下了對於在棉花田裡工作的固定形容，叫作back-breaking，那是可以將人的背都給折斷的可怕工作。

其中最辛苦的，的確對背產生巨大壓力的工作，是摘棉花。短梗棉花顧名思義長在比較低矮的棉樹上，要摘取成熟的棉花，就只能一直保持彎著腰折著背的

---

27 圈地運動：地主以非法強迫或合法買斷的手段從農民、牧民手上取得土地。此現象在工業革命後大規模出現。

28 馬克思（Karl Marx，一八一八—一八八三）：猶太裔德國人，哲學、社會學、政治學家，其著作影響世界最大者莫過於《共產黨宣言》和《資本論》。

29 恩格斯（Friedrich Engels，一八二〇—一八九五）：德國人，馬克思的摯友，在紡織工廠任職期間體認到工人階級的生活，協助馬克思完成其思想理論，並領導國際工人運動。

姿勢。曾經在美國轟動一時的電視連續劇《根》（*Roots*），在美國黑人文化自我認同上非常重要的一部作品，戲一開場，呈現的就是棉花田。一望無際的廣大田地，原先看來像是靜態的，隨著鏡頭逐漸拉近，我們才察覺原來在田間有人，而且發現有不少人，到後來驚訝地知道了為什麼有那麼多人——幾乎都是黑人……

那麼多人在田間工作，為什麼遠望時看不到？因為他們一個個都彎著腰，變得和棉樹一樣高，辛苦努力地摘棉花，只有一點點頭頂露了出來。你可以試試用這樣的姿勢看自己能夠維持多久？只需要幾分鐘的時間，你就能徹底明白什麼是back-breaking，像是腰要斷掉的感覺。

這樣的人工勞動，不容易有效率。彎腰摘了沒幾分鐘，就必須直起身子來休息一下，一整天下來，一個人也摘不了多少顆棉樹上的棉花。然而《根》的畫面驚人之處，應該讓我們留下深刻印象的，是這些棉田裡工作的人，都低伏著身子，所以才會讓我們乍看之下看不見他們。他們當然不是自願保持這種痛苦姿勢的，他們是沒有自由的奴隸，被監管、被訓練得必須長時間忍受痛苦，長時間持續摘揀棉花。

種植棉花在美國南方快速擴展，需要大量的勞動力，然而光是勞動力需求本身，不會製造出奴隸制度。關鍵是棉花田裡的工作太辛苦，無法吸引自由勞動者。比大部分其他勞動更辛苦，如果要在自由市場上去尋找勞動力，顯然就必須支付高額的工資，大幅提升棉花生產的成本。而且就算能夠找到願意到棉田工作的人，因爲勞動條件那麼差，稍有一點其他機會，他們必定會選擇離開。

在這種情況下，奴隸制度提供了解決辦法，對美國南方棉花產業有了很大的吸引力。取消勞動自由選擇，這些人力才能穩定地留在棉花田裡，也才能忍受痛苦，有效地進行生產。

於是一批又一批從非洲買來的人，一到美國南方就被各種方式取消了自由，轉化爲單純的生產勞動力，他們愈沒有自由，作爲棉花生產勞動力的價値就愈高。

風起雲湧的黑人平權運動

棉花田逐漸變成了黑人奴隸勞動的場域，只有極少數極少數最窮最底層的白人，才會有和黑人奴隸並肩在棉花田工作的經驗。

然而在美國歷史上，竟然有一個總統有小時候在棉花田裡工作的記憶。那是在甘迺迪[30]之後接任即位的詹森[31]總統。這是所有美國總統中最被撻伐的一位，他的歷史地位很低，講到他幾乎都只有壞話，沒有好話。有很多對詹森的壞話關於他不是正大光明當上總統的，是靠著甘迺迪被暗殺，他才由副總統升任為總統。而他當上甘迺迪的副手，主要是為了選票的平衡考量，換句話說，他和甘迺迪從出生背景、選民基礎到政治理念，都不一樣。這樣的人卻成了甘迺迪暗殺事件的最大受益者，於是詹森也就理所當然背負了可能謀畫暗殺的強烈懷疑。

而且在詹森的任內，越戰不斷升高，美國一天天深陷在一場不知為何而打、卻又打不贏也脫不了身的遠方戰爭中，戰爭帶來的犧牲與痛苦愈來愈高，國內反越戰聲浪隨之愈發激烈，導致詹森最後不得不為了越戰問題倉皇宣布放棄連任競選。

有著這樣的政治形象和政治紀錄，怎麼看都該是個壞總統吧！這樣的形象和紀錄其實很不公平地掩蓋了詹森的巨大成就與貢獻。總結一九五〇年代以來黑人民權運動訴求的《民權法案》（*Civil Rights Act*），是在詹森任內由國會通過立法的。在解決南方問題上，《民權法案》和林肯任內的《廢奴憲法修正案》（*The 13th Amendment Act*）幾乎同等重要。

南北內戰結束後，從法律上終止了奴隸制度，然而，聯邦政府很快地就發現廢奴的法律在南方根本無法推動，無法眞正改變。南方各州馬上就另外訂定了各種法令來規避廢奴。例如將莊園裡的未成年奴隸改稱爲「學徒」，然後規定「學徒」如果逃走，應該被送回原來的地方繼續當「學徒」。眼看著內戰所宣稱的廢奴理想將化爲烏有，聯邦政府不得不訴諸政治手段，讓軍隊派駐南方各州，希望確保廢奴法令的執行。

不過這樣的政治手段也無法維持，再過幾年，聯邦政府實質放棄了，退回到

30 甘迺迪（John Fitzgerald Kennedy，一九一七—一九六三）：第三十五任美國總統，在德州訪視時遭到暗殺。

31 詹森（Lyndon Baines Johnson，一九〇八—一九七三）：第三十六任美國總統。

基本廢奴的法律狀態，卻完全無力處理南方社會對黑人的種種拘束與迫害行為。那是一段恐怖黑暗時期，南方各州取得了不受聯邦拘束，獨立對待境內黑人的權力，各種暴力蔓延橫行。

從內戰延續下來沒解決的嚴重問題，到第二次世界大戰結束後，爆發了徹底撕裂美國社會的「黑人民權運動」，忍無可忍的黑人以暴力或非暴力的方式，起而抗爭要求他們一直得不到的社會平等地位及待遇。運動中出現了金恩博士[32]和麥爾坎．X[33]及「黑豹黨」[34]等明星，也出現了邪惡的反派角色如聯邦調查局胡佛[35]局長，不過這一切騷動最終還是要以《民權法案》的具體法律形式才能讓黑人平權有所保障。

違背自身利益推動《民權法案》的南方白人總統

詹森總統來自南方，在他身上我們可以看到美國南方的種種矛盾。他在南方長大，帶著根深柢固對於黑人的歧視，平常口頭上總是掛著「黑鬼」（nigger）的稱呼叫所有的黑人，包括幫他開車開了幾十年的司機。他生氣時還會動粗修理他的司機。然而詹森去世時，他的司機說：「不管他如何打我、羞辱我，他給予我的尊嚴，卻不會因為他的言語、他的動作而取消。他給了我們黑人《民權法案》！」

詹森和《民權法案》之間的關係，不只是他身為總統簽署了法案，事實上如果沒有他以總統的地位，動用一切的政治運作手段，「民權法案」不可能在國會通過。所有南方各州的參眾議員，許多民主黨議員都反對這項歷史性法案。詹森是民主黨的總統，民主黨在國會擁有多數席次，他又來自南方，和那些南方議員

32 金恩博士（Martin Luther King, Jr.，一九二九—一九六八）：致力於黑人平權，以〈我有一個夢〉演說成為舉世聞名的人權運動者。於一九六四年獲得諾貝爾和平獎，但於一九六八年遭到暗殺。

33 麥爾坎・X（Malcolm X，一九二五—一九六五）：黑人平權運動者，早年混跡街頭，入獄後改信伊斯蘭教，其後捍衛黑人權利不遺餘力，於一九六五年遭到暗殺。

34 黑豹黨（Black Panther Party）：一九六六年成立的美國黑人平權組織，於一九八二年解散。

35 胡佛（John Edgar Hoover，一八九五—一九七二）：美國聯邦調查局（FBI）第一任局長，因採用竊聽、跟蹤、騷擾等手段搜集政治及異議人士資訊，於死後飽受爭議。

有著共同的政治基礎與政治利益。靠著這樣的特殊條件，詹森才得以強勢威脅利誘逐步弱化了反對勢力。

換句話說，推動《民權法案》是明顯違背詹森自己的政治與權力利益的。當時極力反對《民權法案》的，包括了眾議院民主黨的大黨鞭，這位南方大老在詹森崛起的過程中，幫過很大的忙，是他政治生涯中的重要導師。詹森當選總統之後，這位大老還三不五時就進白宮跟他不拘形式地聊天。然而在詹森正式請求大老支持《民權法案》時，大老毫不客氣也毫無保留地說：「你錯了。你知道如果我們讓《民權法案》通過，如果在你手裡簽署《民權法案》會發生什麼事？」詹森知道，他鐵青著臉立即回答：「我們就將南方各州拱手送給了共和黨。至少五十年要不回來。」

這意味著從此南方白人不可能再認同民主黨，將集體轉投共和黨，而且會將民主黨視爲「黑人黨」，和他們的立場是敵對的。詹森知道。那麼嫻熟於政治運作與選票流向的他，很清楚這樣的後果。可是他仍然堅持大老應該支持。兩人態度愈來愈不客氣，大老說：「如果我反對到底呢？」換作詹森毫不客氣也毫無保留地說：「我會壓碎你！我會輾過你讓這個法案通過！」

他選擇犧牲了自己的政治基礎，給了黑人在法律上堅實的尊嚴。這時離南北戰爭結束，已經一百年了，黑人才眞的取得平等身分。詹森突破了原本的限制，創造了奇蹟。不是來自南方的總統不可能這樣控制、動員南方議員；但來自南方的總統必然要考慮南方白人選票，又絕對不可能站到黑人那邊去。

很重要的理由，詹森自己說的：因爲他小時候在棉花田裡工作過。以那樣的經驗爲起點，他具體且深切知道黑人的痛苦。雖然作爲白人，雖然一切的立場都和南方白人一致，但同時詹森了解南方黑人的悲慘待遇，在這點上不同於其他南方白人。他會推動並簽署《民權法案》，因爲他太了解什麼是南方，什麼是棉花田back-breaking的工作，更清楚南方黑人和他們的處境。

被鄙視的南方特質

如此「南方」的詹森，卻偏偏遇上了甘迺迪，一個再「北方」不過的年輕人。甘迺迪出身波士頓的愛爾蘭裔家族，以優異成績畢業於哈佛大學，外表英俊挺拔、能言善道，而且娶了一個擁有明顯偏向歐洲生活美學品味的漂亮妻子。他要當選聯邦總統，最大的阻礙在於和南方選民的距離。所以純粹從政治策略上思考，理所當然找了政治權力圈中，最有實力的「南方人」來作爲競選搭檔。

於是甘迺迪就成了詹森的對照組。一九六三年十一月甘迺迪在新聞電視實況轉播中遭到暗殺，震撼了全美國，集體悲劇意識將甘迺迪的聲望推到最高點。他一下子取得「偉大總統」的歷史地位，甘迺迪愈受愛戴，接在他後面擔任總統的詹森，就愈是看起來不稱頭，愈是令人感到遺憾，彷彿他最主要的作用就是讓所有的人哀嘆：爲什麼甘迺迪不在了？

喜愛、推崇甘迺迪的人，都不可能信任詹森。詹森接下總統大位的時候，就處於極其不利的狀況。被以甘迺迪那樣的「北方」標準檢驗下，詹森身上具備了「南方」所有的矛盾缺點。相較於北方的世故優雅，南方人粗野無文。形象上，甘迺迪出口成章，從他的著作和演講中留下了多少至今反覆被引用的名言。詹森相對地有說過什麼有智慧的話嗎？更糟的，南方人的粗野還不是魯直。詹森身上又帶著南方人的狡猾。

詹森在歷史上不受青睞，得不到較高的地位，其實背後明白地牽涉到根深柢固的美國南北差異。有哪些是眞正詹森這個人的素質與行爲，又有哪些是來自北方對於南方的刻板印象，到後來再也分辨不清了。

讓我們再往下看，到一九八〇年，美國出現了另一個南方總統，來自喬治亞州的卡特[36]。在主要反應北方價值的媒體上，卡特從名字開始就是個笑話。「Jimmy Carter, Jimmy?」（吉米・卡特，吉米？）有沒有搞錯啊，堂堂一國總統，連個正式的名字都沒有，竟然用的是暱稱、小名？想像中的北方人看到這個名字，一定會問：「You mean James, right?」（你是說詹姆斯對吧？）而土土的南方總統卻不領情，回答說：「No, just Jimmy.」（不，就是吉米。）

同樣的笑話又發生在一九九二年選出的下一個南方總統身上，他的名字叫柯

36 卡特（Jimmy Carter，一九二四—）：全名爲小詹姆斯・厄爾・卡特（James Earl Carter Jr.），第三十九任美國總統。Jimmy 爲 James 的暱稱。

林頓[37]，想像中的對話同樣發生，有文化的北方人不可思議地問：「You mean William, right?」（你是說威廉對吧？）土土的南方總統同樣不領情地回答：「No, just Bill.」（不，就是比爾。）不過這次選出來的南方總統，比前面一個要來得自信強勢，因而他會在想像中的對話中多加一句：「只能是Bill，沒有叫William的人能在南方選上總統的！」

卡特總統是南方人，名字叫吉米（Jimmy），是個農夫，而且竟然還是種花生的！花生是peanuts，而全美國最有名的peanuts是一組長期受歡迎的連載漫畫，裡面有一個不只在美國，在全世界都很有名的主角叫史努比。沒錯，就是那個漫畫，在台灣沒有人不知道不認識叫史努比，常常躺在狗屋頂上看著天空冥想的那隻狗吧？

卻很少人知道有史努比的漫畫，原本既不叫「史努比」（Snoopy），也不叫「查理．布朗」（Charlie Brown），而是叫「Peanuts」[38]？怎麼沒有人告訴我們這漫畫叫《花生》？也沒人解釋這漫畫中有「花生」，和「花生」有關係？

關鍵在於，這裡的「Peanuts」不能翻譯叫「花生」或「花生米」，比較符合作者原意的譯法應該是「小不點」吧。他們是一群很小的小孩，漫畫畫的是發生在這群小小孩之間的事，所以就用「小不點」來稱呼。

Peanuts在英文裡有這樣的意思。微不足道的小東西。這和總統一般給人的莊重形象，多麼不協調啊！和詹森一樣，背負著這樣的形象上任，不管卡特多有能力，不管他做了什麼，都很難讓美國人認爲他是個好總統吧！後來媒體給予卡特的評價，也就很明顯地符合了對於南方人的刻板印象，不會說話，嘮叨，不懂得講究遣詞用字，缺乏國際觀，沒有開闊眼光，只能處理眼前瑣事卻無能面對像「伊朗人質危機」那樣的大事……南方人就算當上了總統，還是學不會什麼是應付廣大世界所需要的成熟世故，因爲他們始終沒有像北方人那樣的文明薰陶基礎。

---

37 柯林頓（Bill Clinton，一九四六—）：全名爲威廉・傑佛遜・柯林頓（William Jefferson Clinton），第四十二任美國總統。Bill爲William的暱稱。

38《Peanuts》：由美國漫畫家查爾斯・舒茲（Charles M. Schulz，一九二二—二〇〇〇）創作的漫畫，前述查理・布朗爲人物主角之一。

北方的《憲法》與南方的《聖經》

各種不同因素塑造了南方的特殊社會形貌。到今天說美國南方還常常被提及的一個名詞是「聖經帶」(Bible Belt)。「聖經帶」指的是最南邊的幾個州，因爲在這裡，基督教的力量、教會以及《聖經》的權威，根深柢固無可動搖。

馬克·吐溫開始上教堂，進的是在南方勢力極大的「美以美教會」。「美以美教會」和中華民國有很密切的關係，「永遠的蔣夫人」蔣宋美齡就出身於「美以美教會」傳教士的家庭。後來馬克·吐溫轉入了「長老教會」。「長老教會」源自蘇格蘭，和台灣也有很深的淵源，馬偕牧師就是由加拿大的「長老教會」派到台灣來傳教的。至於在台灣民主運動及本土化運動中發揮過很大組織作用的，則是來自美國的「長老教會」。

在美國南方，和「美以美教會」同等重要的，有「浸信會」，尤其是「南方浸信會」。這個教會就和中國及台灣沒有什麼關聯了，因爲這個教會具有極強烈的地方性格，特別標舉「南方」，獨立於原來的「浸信會」之外。

南方「聖經帶」的宗教文化，不只是強調讀《聖經》的重要性，而且將焦點放在《舊約》上。看重《舊約》的程度遠超過《新約》。《湯姆歷險記》小說中孩子們在教堂裡背誦的內容，都來自《舊約》。雖然都是《聖經》，然而《舊約》和《新約》實在有很大的差別。《舊約》的主角是上帝耶和華，而《新約》的主角則是耶穌基督。

《舊約》的上帝是讓人畏懼的「人格神」，祂有著像人一樣的個性、脾氣，而祂的脾氣中最常顯現的，是憤怒。憤怒時可以將人變成一根鹽柱，看一個城市不順眼，可以燒掉整個城市，甚至可以降下大洪水，打算毀滅所有的人類與所有的動物……

上帝憤怒時就給人帶來懲罰性的災禍，一次又一次記錄在《舊約》中。面對上帝的憤怒，人除了恐懼害怕，幾乎沒有任何其他辦法。上帝會不斷介入人的生活，祂的意志永遠盤桓在人的頭上，使得人無法不隨時緊張地意識祂的存在。

重視《舊約》，畏懼上帝的社會，和重視《新約》，追求透過耶穌基督得到救贖的社會，大不相同。耶穌基督無罪受難，給了從伊甸園中被趕出來的亞當、夏娃的後裔重新有了救贖的可能。耶穌基督顯示的是對人的慈愛。儘管人不配擁有祂的慈愛，祂還是爲人爭取這樣的機會，改變了人的命運，實質上也改變了上帝給予人的終極懲罰。

基督教神學中，必須不容商量地堅持「三位一體」（Trinity），聖父、聖子、聖靈三者絕對不得分離，其實正就因爲從《聖經》上看，聖父耶和華與聖子耶穌基督如此不同啊！相較於耶穌基督，耶和華那麼嚴厲、那麼殘酷。

南方「聖經帶」地區會強調《舊約》，有其道理。在這裡，《聖經》有著重要的文本權威對照作用。北方的權威是《憲法》，南方則是《聖經》。內戰爆發之前，對於什麼是人、什麼是美國人，北方和南方就已經有了近乎無法協調的不同觀念。托克維爾的《民主在美國》，將美國人刻畫成堅信平等、追求並實現民主的一種新人類，然而他看到的、他取材的基本上是北方新英格蘭地區的美國社會。托克維爾描述的，進而他的書所影響的，是美國北方的自我形象、自我認同。

美國南方不一樣。南方各州堅信地方分權，不是「聯邦主義」的支持者。他們接受《美國憲法》的基本精神，然而奴隸制度的存在，卻使得他們不可能有那麼強烈的平等信念，更不可能像北方新英格蘭區那樣在日常生活中不斷體會、實踐平等。

北方人自我形象的最高權威是《憲法》，南方人則是《聖經》和上帝。尤其特別選擇了上帝說了就算的《舊約》。《舊約》是個大敘事，總體看來告訴了人們，遇到任何你無法理解、無從解釋的事，沒關係，背後一定就是上帝，是上帝的意志所造成的。南方人，愈是奴隸制度盛行的地區，愈是需要上帝來保證這一切都是合理的，正因爲不符合《憲法》所主張的現實美國道理，所以必須相信是合乎上帝的道理。

宗教在南方的重要性，一直都高於北方。內戰之後，南方黑人取得了有限的自主權，也就開始積極地組織自己的教會。然而黑人所組的教會，和白人原有的形成了強烈對比。美國南方黑人教會，也許是全世界最突出最強調耶穌基督的教會吧！

他們讀的是《新約》，他們傳道傳的是耶穌基督的故事與道理，他們呼喚的，也是耶穌基督。這裡明確形成了和南方白人信仰之間的一種緊張，乃至於對抗。耶穌基督是站在沒有權力的弱者這邊的。耶穌基督為沒有權力的人，去和絕對權力絕對權威的上帝說情和解，讓得罪了上帝以至於背負「原罪」的人，重新得到救贖機會，重新可能上天堂。

七　美國現代文學的開始：《哈克歷險記》

擺脫戰敗陰影的全新南方書寫

美國南方教會強調《聖經》記錄的每一句話都是眞理，上帝是眞理唯一的來源。這種保守性使得南方社會排斥許多新知識。例如達爾文的「演化論」，這是必然和《聖經》衝突的新主張、新知識，他們無論如何不願接受。固執拒絕科學對《聖經》帶來的挑戰，沒有商量餘地站在《聖經》，尤其是《舊約》的內容這邊，給了南方社會強烈的「反智」性格，更加深了北方人對他們的鄙視。

南方有莊園經濟下的有錢人，但南方沒有貴族。缺乏對的社會結構，也沒有足夠的時間，讓南方出現貴族生活與貴族文化。北方人眼中看到的南方是農業社會，農業加上他們的宗教，帶來了貧窮，物質上的貧窮和精神、文化上的貧窮。南方和北方在價值觀念層次上，其實是一直不平等的。總的來看，北方人比較有優越感，比較有理由瞧不起南方人。

南方古板、落後、粗野、不文明，這樣的形象在北方人心中更是牢不可破。馬克・吐溫的《湯姆歷險記》在內戰後以「中西部」的特殊角度，建立了避開南北對立的新美國人形象，南方人可以讀，北方人也可以讀。然而在故事上接續《湯姆歷險記》的《哈克歷險記》，卻要比《湯姆歷險記》更「南方」。代表了一種新的「南方書寫」。

海明威曾經用極其誇張的方式說：所謂「美國現代文學」，就發源於馬克・吐溫的《哈克歷險記》。爲什麼這樣說？《哈克歷險記》眞的如此重要？

《哈克歷險記》出版於一八八四年，離內戰結束快要二十年了。但小說故事仍然是設定在南北戰爭中。馬克・吐溫寫這本書，心中有著明確的對話對象，那是一群內戰之後才在南方崛起的作家。他們是屬於「敗戰陣營」的人，他們心中充滿了怨恨，也充滿了自我憐憫，在他們筆下會爲了發洩而繼續歌頌南方，帶著高度懷舊的情緒，刻意美化內戰之前的南方。戰前的南方如此美好，卻被戰爭破壞了。

這樣的作品基本上是今昔對照的，對照之下，當然是今不如昔，喪失了過往美好的現實，同時也就是對北方的控訴。就是北方外來勢力的蠻橫入侵，才使得南方殘破、變形。

馬克・吐溫特別針對這些人和他們的作品而寫了《哈克歷險記》，他模仿他們動用一種懷舊的語氣回顧戰前的南方，但他要傳達的是很不一樣的時代看法。那些人認為是戰爭破壞了南方，南方在戰爭中失敗才導致現實的殘破，馬克・吐溫卻要點醒他們：早在戰爭爆發前，南方就已經輸了；早在戰敗之前，南方就已經殘破了。

藉由《哈克歷險記》，馬克・吐溫要整理出擺脫「戰敗陣營」自憐自艾的不同南方形象。他要認真地揭露、描述南方的悲哀，對抗那些作家們對於戰前南方的反覆美化。不過，在戳破這些虛幻美化的同時，馬克・吐溫又認真地挖掘出南方的獨特價值，讓南方人、美國所有人知道：並不是因為戰敗了，南方就該被視為一塊邪惡大地，南方有其不可取消、不可磨滅的特殊長處。

在此誕生了新的「南方書寫」，將那些「戰敗陣營」作家趕到邊緣去，從此遺忘。要擺脫那種一廂情願的美化，而且要冷靜硬心腸地面對真實，才有辦法從「南方經驗」中找出對於人類社會、人類文明具備正面意義的「南方價值」。

為了追求自由而歷險

哈克這個角色在《湯姆歷險記》中就出現了，而且《哈克歷險記》比《湯姆歷險記》晚出版，因而《哈克歷險記》常常被當作是《湯姆歷險記》的續集。不過用「續集」的角度看，很容易忽略兩本書之間的重要差異。

這兩本書的書名，表面上看起來完全一樣，《湯姆歷險記》和《哈克歷險記》，英文書名乍看下也一樣，*The Adventures of Tom Sawyer* 和 *Adventures of Huckleberry Finn*，但看得再仔細一點，有個再微小不過的差異，中文翻譯無論如何表現不出來的——一本書名有定冠詞「The」，一本沒有。

怎麼會這樣？馬克・吐溫是個對文字極爲敏感的人，不會隨手寫下書名，不小心造成這樣的差異。這微小的差異，是有意義的。《湯姆歷險記》寫的，是湯姆確切所經驗的那些adventures，所以書名上有定冠詞「The」，湯姆指在成長過程中經歷的種種冒險。

對照來看，《哈克歷險記》的性質不一樣。沒有「The」，表示哈克有很多冒險經歷，但書中只寫了、記錄了其中一部分。書中內容和哈克的歷險不是嚴格對應的。寫出來的，是「哈克歷險」的一部分，不等於「哈克歷險」，小於、少於「哈克歷險」。書中內容不足將「哈克歷險」給確定下來，所以不在adventures前面加定冠詞。

《哈克歷險記》小說結束在什麼地方？在哈克想著下一個冒險的旅程，想著他要到西部去。果然「歷險」還沒有完，還有即將要來的「歷險」沒有寫在這本書裡。

微妙的差異提示了這兩本書的創作意圖是不一樣的。《哈克歷險記》書寫的是更普遍的冒險主題，要探討要挖掘一個人眞正最重要的冒險究竟是什麼。《湯姆歷險記》書中延續了十九世紀關於「冒險」的定義，也就仍然是去探測未知；《哈克歷險記》卻不是。《哈克歷險記》故事的主軸是逃離、逃亡（escape）。爲什麼要逃亡？爲了追求自由。而冒險是逃亡通向自由必須經過的挑戰與考驗。

哈克的冒險，不是一個人獨自進行的，關鍵在於他隨行帶著一個黑人。馬克・吐溫在這樣的新「南方書寫」中的確寫出了過去其他美國作品中沒有的內容。首先是寫出了一份「弔詭的價值」，只有在南方的特殊歷史情境下才有可能出現的價值。只有南方人能夠眞正經驗、眞正體會逃亡，以及從逃亡中眞正經歷、眞正體會什麼是自由。北方人絕對沒有辦法。

如果說北方人的核心價值是平等的話，那麼在曾經有過奴隸制度的南方，從黑暗歷史劫毀的廢墟中升起的核心價值，就是自由。奴隸制度不只讓黑人失去自由，哈克是個白人，但他同樣需要從南方社會中逃走，去尋找去追求自由。由馬克・吐溫開端的這種「現代南方書寫」，在福克納[39]手中創造了高峰，福克納的小說就寫得更清楚也更淒厲——奴隸制度不只奴役黑人，奴隸制度也藉由讓白人奴役黑人，使得白人變成不是人。白人也失去了作爲人的基本尊嚴與自由。

這或許就是海明威特別強調「現代性」、「現代文學精神」的一項重點吧！

39 福克納（William Cuthbert Faulkner，一八九七—一九六二）：美國作家，於一九四九年獲得諾貝爾文學獎。代表作包括《聲音與憤怒》、《熊》等。

美國現代文學的源頭

海明威心目中，馬克．吐溫和「現代文學」另一個明確的聯繫，是寫實主義。托克維爾曾經從理念上推論，如此強調平等的美國社會，必須付出的一項代價就是——美國不會產生像樣的、優秀的文學作品。美國文學的開端，如果那也叫文學的話，是傳道和說教。傳道和說教的精神根深柢固，因而早期美國文學作品敘述不多，思考和道理要多得多。愛默生[40]、梭羅[41]所寫的都是他們所信仰的思想，也都承繼了這樣的精神在傳道和說教。另外有霍桑[42]或梅爾維爾的小說，《白鯨記》開頭就表明了，這不是一部關於海洋冒險的寫實小說，梅爾維爾要寫的是一則龐大的寓言，是一個承襲《聖經》，和《聖經》形成互文關係的故事。霍桑陰鬱鬼魅的作品，也不是寫實的。

傳道、寓言，這樣的風格和寫實有很大的差距，甚至有根本的牴觸。海明威欣賞、強調的，就是馬克．吐溫在《哈克歷險記》中呈現，大方、大膽的寫實姿態。《哈克歷險記》小說的第一句話，和《白鯨記》的第一句話很像——「我是哈克」，表明了這個故事敘述者的身分。然而接下去，哈克就直接對讀者說：「讀過《湯姆歷險記》的讀者才曉得我是什麼人……」不過《湯姆歷險記》是一個叫馬克・吐溫的人寫的，《哈克歷險記》卻是哈克要來訴說自己的故事……

也就是說，書一開頭就用哈克的口吻，不只和《湯姆歷險記》劃清界線，還要和馬克・吐溫劃清界線。《湯姆歷險記》是經過馬克・吐溫轉述的故事，《哈克歷險記》卻是哈克自己說的故事，這裡牽涉的不只是敘述觀點的改變，更重要的是寫實性的基礎。在開始描述經驗之前，《哈克歷險記》已經藉由敘述者的身分、口氣與使用的語言在對讀者說：別弄錯了，這不一樣，這是經歷者現身說法的故事，更眞實、最眞實的紀錄。

---

40 愛默生（Ralph Waldo Emerson，一八〇三—一八八二）：美國哲學家、作家，對美國文明思想影響卓著，被林肯譽爲「美國的孔子」。

41 梭羅（Henry David Thoreau，一八一七—一八六二）：美國作家、詩人、哲學家。最著名的作品爲《湖濱散記》與《公民不服從》。

42 霍桑（Nathaniel Hawthorne，一八〇四—一八六四）：美國小說家，代表作爲《紅字》。

《哈克歷險記》用哈克的口吻，也就要用哈克的南方腔調來講。在中文翻譯中不容易表現，但在英文原文上，《湯姆歷險記》和《哈克歷險記》使用的語言很不一樣。前者是相對「正統」、「正常」的英文，後者卻從頭到尾帶著濃厚的南方風格。

用這種方式，《哈克歷險記》書裡有著強烈的企圖，要讀者相信那就是哈克的眞實經歷，原汁原味呈現出來。就是在這裡和過去的美國文學作品有了關鍵的差異。馬克・吐溫要強調的是動用寫實的手法，因為在《哈克歷險記》中寫的，是南方人最難面對、最不願面對的題材。

他最受不了「戰敗陣營」作家與作品的地方，就是他們造假，刻意地美化戰前的南方社會。他要用一種激烈的寫實態度，正面描寫戰前南方社會，挑戰他們的虛假。看啊！事實上戰前的南方長這個樣子！這是馬克・吐溫隱藏在文本底下強而有力的吶喊。

《哈克歷險記》寫實地呈現了戰前南方社會的種族與暴力，兩項很敏感的集體現象。小說中還以耐心的細節描寫個別、具體的白人和黑人間的關係。一個白人和一個黑人一起冒險逃亡，而兩個人各自有必須要逃走的理由。逃離的需要，使得這兩個人聯合在一起產生了特殊的關係。這份關係當然會被種族條件影響，但又有超越於種族之外的內容。

在其間升起了一份 racial vision：以寫實筆法寫出的種族願景。寫實的當下性質和願景的未來性，在小說中產生特殊的拉鋸。一方面小說要我們相信其內容就是事實，就是哈克確實經驗的；但另一方面，關於這一白一黑兩個逃亡伙伴的描寫，又帶有高度的夢想性，揭示了一種跨種族相處的可能性。

一個白人和一個黑人手牽著手，命運與共地逃亡，爲什麼要逃、如何逃、又將逃到哪裡去，這是《哈克歷險記》中的重要主題。

首先是新的「南方書寫」，將逃亡、追求自由建構爲書寫南方時的主軸；其次是明白標舉寫實主義，冷靜近乎冷酷地凝視南方社會中許多不美好的現象，尤其其集中處理種族與暴力；第三是探索並描述白人與黑人的未來關係。這三個元素的確不可能在一八八四年《哈克歷險記》出版之前的任何作品中看得到。海明威如此看重《哈克歷險記》，稱之爲「美國現代文學的源頭」，不是沒有道理的吧！

只要扯上黑人議題，再幽默南方人也不買單

馬克・吐溫做過許多發財夢，夢想要發財的過程出現了許多稀奇古怪的念頭。成爲一個作家之後，他曾動過念頭要靠自己的名字發財。光賣名字就能賺大錢，有可能嗎？作家跟什麼產品能有明顯的連結，讓產品掛上作家名字可以大賣？

他選擇了雪茄。抱著這樣的發財夢，他投資生產了「馬克・吐溫牌雪茄」，而且參與了擬定主要的宣傳詞。「Known to Everyone—Liked by All」，人人知道、個個喜歡。

這個宣傳詞反映了馬克・吐溫生命追求的一個面向。他之所以成爲幽默作家，有一部分也就因爲寫幽默內容不只能被認識，而且還會被喜歡！然而，他不只有這樣一個面向。他的生命經驗中累積了許多其實不是那麼愉快、不容易幽默以對的內容，如果他要挖掘表達這方面的經驗時，寫出來的作品顯然就不可能「Liked by All」。

例如表現在《哈克歷險記》中他對黑人的看法，他對南方奴隸制度的看法，都不可能討好所有讀者。如果他是個熱血青年，他應該就會直接以義憤塡膺的情緒來表達他的看法吧。出版《哈克歷險記》之前，爲了累積銷售能量，馬克・吐溫展開了一連串的巡迴演講，除了強調這是馬可・吐溫最後一次粉墨登台進行幽默演講之外，還特別找了馬克・吐溫的一位好友，也做過comic lecturer，名叫喬治・華盛頓・卡伯爾（George Washington Cable）[43]的人，來協力演出。

兩人類似像雙簧或相聲的幽默演出，就觸及了黑人、黑奴的議題。馬克・吐溫顯然是爲此而刻意選擇了卡伯爾來搭檔，因爲卡伯爾只要講到黑人、黑奴就幽默不起來，就會激動地表現出義憤塡膺的態度。藉由卡伯爾的憤怒，就可以凸顯馬克・吐溫相對的溫和、冷靜，而且永遠不失幽默的本事。

不過和卡伯爾的合作計畫開展之後，讓馬克・吐溫意識到這件事沒有他想像

43 喬治・華盛頓・卡伯爾（George Washington Cable，一八四四—一九二五）：美國小說家，以寫實手法關注美國南方社會，與馬克・吐溫在一八八四到一八八五年間進行巡演。

的那麼簡單，那麼好處理。馬克・吐溫找了一個經紀人，讓所有願意付錢辦演講的人來找這個經紀人，經紀人從中抽取百分之十的費用，另外支付給卡伯爾每場三百五十元的酬勞。卡伯爾跟他討價還價，要求每場四百五十元，一度馬克・吐溫幾乎要翻臉放棄和卡伯爾合作了，但畢竟還是捨不得兩個人同台可以製造的戲劇性效果，勉強同意支付四百五十元。

然而完全出乎馬克・吐溫意料之外的，把自己的名字和卡伯爾並列宣傳，結果在首都華盛頓以南的廣大區域，都對這樣的演講活動冷淡以對，完全沒有人表示興趣提出邀請！

那個時代的氣氛是這樣的。南方根本無法接受任何對這些議題的直接表達，更不願聽到北方人可能對他們有任何的批判。馬克・吐溫的幽默，不完全因為他是個有趣的人，懂得如何幽默說話，更重要的是他自覺地以幽默作為對抗時代氣氛的手段。必須用幽默、諷刺的方式寫小說，他才能在不冒犯讀者的情況下，去表達一些敏感的想法與概念。

「這世界上最幽默的事情之一，是白人宣稱他們比黑人更聰明。」這句話出自《馬克・吐溫論幽默》，就是他典型地將並不幽默的看法硬是包裝為幽默的例證之一。

黑人是白人的財產

馬克・吐溫的作品中，有很大一部分是記錄自己的人生經歷，包括他在密西西比河上的歲月，他到歐洲去遊歷的日子，都寫成了不同的書。然而到了晚年，馬克・吐溫還是慎重其事地正式寫了一部《自傳》（*The Autobiography of Mark Twain*），而且沒有打算在生前發表出版。

顯然他要在《自傳》中寫下如果生前出版仍然會帶來困擾的內容。這樣一本《自傳》最醒目的特色，就在其內容及寫法一點都不幽默。預計死後才會面對讀者的內容，馬克・吐溫就不需要再以幽默來予以包裝了。

《自傳》中馬克・吐溫寫了他成長的那個社會。馬克・吐溫在密蘇里長大，那是一個有奴隸制度圍繞的環境。不過和更南方的各州不一樣的，這裡的黑人奴隸主要不是養在莊園裡作爲棉花田的勞動力，而是養在家戶中幫忙從事家務。他們是家戶奴隸（household slaves），不是莊園奴隸（manor slaves）。

在那個環境裡，馬克・吐溫反省到一種奇怪的道德處境。作爲一個孩子，他當然知道不應該、不能偷東西，然而在那裡，看見了一個逃走的奴隸卻不去報告奴隸的主人，竟然會產生比作賊偷東西更強烈的罪惡感。也就是奴隸作爲主人財產的歸屬性質，勝過人所擁有的任何其他物品。在那個社會裡，如果被發現放過了奴隸，會遭受的譴責遠超過自己當小偷被抓到。放過奴隸的人，身上像是背負了一個烙印，久久不會被忘記，不會被原諒。小偷的罪過，是單一的行爲；放過奴隸的錯誤，卻似乎直接聯繫人的某種素質，表現出你的某種劣根性，使得那個社會裡每個人不只可以譴責你，而且睥睨你、看不起你。

正因爲將人作爲財產是多麼不自然的事，那個社會必須動員一切的力量，防堵出現懷疑的態度。以社會集體的行爲，在人們心中灌輸對於奴隸財產的強烈信念，是奴隸制度能在南方存在的一個先決條件。

馬克・吐溫不只在這樣的環境裡長大，而且他的家庭背景加強了對於奴隸作爲財產的認知。他爸爸的副業是簡單、初級的法律服務，在那樣的小鎮生活裡，最常見、最繁忙的法律事務，就是關係到奴隸買賣合約，以及逃亡奴隸的追捕、歸還與賠償。

馬克・吐溫的爸爸一生中不知辦理過多少次將逃亡奴隸歸還的法律程序。他當然很習慣奴隸制度及擁有奴隸。《自傳》中馬克・吐溫回憶他爸爸曾有過的一筆債務，有人欠了他四百七十元，在當時是很大一筆錢。欠錢的人住在密西西比州，他必須出遠門去追債，於是他就帶了一個叫查理的黑奴一起去。到了密西西比，找到了這個欠錢的人，卻發現那個人過著極其悲慘的貧窮生活。顯然是沒有機會追討到欠債了，沒辦法只好準備打道回府。但沒討到錢，回家的路費也沒著落了，怎麼辦？

還好有查理。於是他爸爸就在密西西比賣掉查理，賣了四十塊錢，有了路費可以回家，當然查理就沒有跟他回到密蘇里。這裡存在著一件令人心寒的對照。他爸爸動了惻隱之心不追債，因爲看到欠錢的人有家庭，發現那個人幾乎養不活一家子。然而查理也有家人，查理的家人在密蘇里，查理被賣在密西西比，就再也見不到他的家人了！

馬克・吐溫的爸爸不會意識到今天對我們來說如此明顯的對照，也更不會對查理和他的家人感到愧疚。馬克・吐溫在《自傳》中痛心地記錄了這件事實。

無論黑人或白人，都受困於奴隸制度

馬克・吐溫是在這樣的環境中長大的。後來在《哈克歷險記》中，他要改寫南方的自我意識，很重要的一項努力，就是不要讓南方仍然呈現爲白人的南方，也就是要他的讀者看見黑人。書中白人小孩哈克協助黑人吉姆逃走，代表著馬克・吐溫自己的逃離，也是他要說服他的讀者逃離。

馬克・吐溫及他要以小說說服的人，和吉姆一樣，要從奴隸制度中逃開。不過他們和吉姆不一樣，他們本身並不是奴隸。奴隸制度不只箝制了奴隸而已，奴隸制度箝制了社會中所有的人。哈克是個白人小孩，卻也在小說中經歷了一場大逃亡。哈克的大逃亡，正是馬克・吐溫心情的寫照。

要從根深柢固對黑人的偏見，對於黑人與白人關係的認定，以及將人視爲財產卻又宣稱其爲神聖權利的觀念，從這裡逃走。

在馬克・吐溫一生中有幾件重要的事刺激他、幫助他從一個蓄養家庭黑奴、看不見黑人的家庭背景中得以脫離開來。一項比較後來的影響，來自他的太太歐麗維亞（Olivia Langdon）。歐麗維亞來自於一個南北歷史上敏感的地區，被稱爲是「地下鐵路道的交錯點」。什麼是「地下鐵路道」？這可不是眞正在地底下運行的城市「地鐵」，而是指南方黑人要偷跑到北方「自由州」最常需要搭乘的那段鐵路。這段鐵路上，隨時有著奴隸、奴隸主和追獵奴隸的人穿梭通行。你躲我藏，爾虞我詐，各種悲喜故事經常在這段鐵路上發生。

歐麗維亞的娘家也因爲地理的關係，參與了這樣的悲喜故事，而他們所扮演的角色，是積極協助奴隸得以避開追捕，逃入「自由州」取得自由。因而和歐麗維亞結婚，必然帶給馬克・吐溫很大的價值觀念衝擊。他會坐在太太家中的陽台上，不無反諷感受地懷想，當年自己的爸爸一邊在追還奴隸時，岳父卻正努力幫忙將奴隸從奴隸主的控制下放走。

南方奴隸制度的信念雖然全面籠罩，但常常經不起面對面經驗的衝擊。在南方，宗教和科學都被動員來合理化、合法化奴隸制度。有很多以科學名義提倡的種族論，「證明」黑人和白人的人種根本差異，因而不能將黑人同等視爲「人」。

馬克・吐溫留下的另一句名言，是：「白人生而平等。」（White men are born equal.）這句話很顯然脫胎自「人生而平等」，只是將通稱的「人」改成了「白人」，如此一來，句子裡就有了高度諷刺的力量，只有白人是生而平等的，「人」並不包括白人以外的其他人。

這樣的句子就是用來諷刺當時南方種種「科學」立論，顯現它們違背了最基本的文法與分類意義。其中一種論點是黑人的身體高度發達，但心靈心智相對低度發展，因而黑人天生就比白人適合勞動；黑人的勞動需要白人的領導安排，也是天生的。心靈心智牽涉到神經系統，黑人的神經系統不發達，連帶的也就不會感覺痛，不容易感覺累，更「證明」了他們可以負擔比白人更重的工作，也可以工作得更久。

還有，因爲智力沒那麼高，感覺沒有那麼敏銳，所以黑人被罵被打被責罰也不會怎麼樣。很多奴隸主擁有的共同經驗，痛罵黑奴，用了最兇的口氣、最嚴厲的語句，他們都好像麻木無所反應。他們就視此為黑人感受不發達的證據。南方式的「科學」甚至言之鑿鑿主張，黑人的智力大約等於白人兩歲的小孩。所以絕對不能放任黑人自由，必須像看管兩歲小孩那樣，隨時將黑人放置在嚴格監視之下。黑人就是這樣的人種，甚至是這樣的動物。

換另一個方向，還有宗教的說法。聖經帶的教會重視《舊約》，他們從《舊約》裡找到了諾亞的第三個兒子「含」被流放到非洲，由此可見面目黧黑的非洲人，本來就是個待罪的民族，早早就被放逐到世界的邊緣，和上帝所選擇來延續上帝意旨的人，很不一樣。他們是「僕人的僕人」，甚至沒有資格直接服侍上帝，因而理所當然他們在現世環境裡給白人當奴隸。

不過即使有這麼多說法，還是無法讓馬克·吐溫完全忘懷生活中曾有過的經驗與記憶。例如他記得十歲的時候，在漢尼拔的小鎮街道上，目睹一個主人掄起鐵棍當場打死了一個黑奴。當下他意識到主人有權力處置奴隸，包括奪取奴隸的性命，但是還是無可避免覺得震驚，覺得一定有什麼不對。活生生的一個人就這樣變成了一具屍體。

在那之後沒多久，馬克・吐溫聽說死了另一個黑人。不是死於主人之手，而是被另一個白人殺死的。這次他沒有親眼看到黑人被殺，然而聽到別人談論，很自然就想起自己在街上看到的，那個可憐無助被殺的黑人。談論這件事的白人們也感嘆同情，然而他們感嘆同情的對象不是死去的黑人，而是這黑奴的主人！感嘆同情他所擁有的財產被毀了。

這在馬克・吐溫心中仍然激起了怪異、無法接受的感覺，因爲他明明可以體會被打死的黑人的痛苦與無助。

八　不斷以各種形式的創作挑戰種族歧視議題

隱藏在黑人語言中的魅力

爲什麼十歲的馬克・吐溫無法接受其他白人的說法，去同情失去黑奴的主人？一個關鍵的原因就在於他是個小孩，不是大人。在那個環境中，大人們和黑人間的關係是明確的、固定的，也就是嚴格的上下關係或隸屬關係。但相對地，白人小孩和黑人間，卻有著高度流動的曖昧空間。

尤其在像密蘇里這種普遍畜養家戶奴隸的地方，很多白人小孩是由黑人照顧長大的。成長過程中，他們會和很多家裡的黑人接觸，一起玩一起生活，而且這個時候小孩的白人意識沒有那麼清晰明確，也就不會產生對黑人的抗拒。

小時候和黑人接觸的經驗中，黑人說故事的高超能力，特別吸引了馬克・吐溫。從他後來的發展看來，一方面是他小時候就已經對說話說故事有特殊、突出的興趣，另一方面家裡有會說故事的黑奴陪伴他，顯現活潑的說話方式，也就早早開發了他這部分的潛力。這兩方面互爲因果，對於馬克・吐溫之所以成爲馬克・吐溫，極爲重要。

非洲的黑人帶了一些文化的特性到美國。例如說他們擁有格外強大而豐富的節奏感，和歐洲的樂器及和聲結合而成了爵士樂。節奏、音樂之所以對他們那麼重要，會特別發達，有一部分就因爲他們來自於沒有文字的社會。沒有文字的社會，人們在溝通上只能仰賴語言，語言就相形重要。經驗與記憶都必須透過語言，只能透過語言來傳遞、來存留。

在沒有文字的社會中，如何讓語言容易被記得，重要性遠超過我們的想像。愈是少用文字的社會，往往其語言就愈是靈活且生動，會有很多方法讓聽者注意聽，將聽到的內容記住。透過語言可以廣泛的溝通，更重要的，透過語言可以大量的記憶。

強烈的節奏感有一部分就來自他們的語言，節奏、押韻等聲音上的特性，有助於那個社會中方便語言內容的記憶。

台灣原住民也清楚表現出了在音樂上的傑出能力，遠超過漢人。他們的音樂同樣和內在的節奏韻律有關，也就和他們的語言、語言在生活中扮演的不同角色有關。

又例如二十世紀美國傳奇性的一代拳王，原來叫作克萊，後來改名叫阿里[44]的，他是美國媒體最喜歡訪問的對象，不只因爲他會說話，說話的內容値得記錄，他還有一項極其獨特的本事，就是他說話時幾乎每句話都是押韻的。仔細分析，我們會發現原來拳王阿里說話，習慣讓句子結束在進行式的動詞或動名詞上。所以聽他說話會一直聽到句尾-ing的聲音，所以聽起來格外好聽，格外迷人。

這樣的本事奇特嗎？要看從什麼角度評斷。從白人的角度看，是很神奇；但如果從黑人，尤其是黑人教會傳教士說教的背景看，就沒那麼了不起。很多黑人牧師都這樣說話，靠這樣說話吸引聽眾注意，也讓聽眾將他說的內容記在心裡。顯然這是來自黑人文化傳統的特有長處，不完全是阿里個人的能力。

十九世紀從非洲來到美國的第一代黑人，還沒有辦法如此掌握說英語的訣竅，然而他們已經帶著身體裡的韻律，發展出和白人很不一樣的說話方式。愈是有機會有需要和白人相處、互動的黑人，愈有機會精進他們這種說英語的風格。這些人帶著他們不自覺開發出的話語，藏在許多白人家戶裡。

馬克・吐溫就幸運地遇到了兩個。一個是伯父家的黑奴，叫狄儂叔叔（Uncle Denon），另外還有一個是傑瑞（Jerry）。他們都非常會說故事，一坐下來總有故事源源不絕從他們的嘴巴裡冒湧出來。而且他們說故事的方式，會讓人弄不清楚究竟說的是說故事人自己的經歷，還是發生在哪個祖先身上的。聽故事的人完全沉浸在那種悠遠的敘述氣氛中，渾然忘我。

馬克・吐溫最早的作品《老憨出洋記》寫去歐洲遊歷的經驗，每次在歐洲遇到導遊，他就格外興奮。因爲導遊是他最喜歡、最擅長嘲諷的對象。每個導遊都必然裝模作樣，表現出對於歐洲或對於美國的種種偏見。不過書中寫到的導遊有一個例外，是馬克・吐溫在威尼斯遇到的。那是整本書中唯一一個以正面筆法寫的導遊。這個精通多種語言的導遊是個黑人。

馬克・吐溫從小就留下了這種當時其他人不會有的印象、觀念——黑人很會

---

44 阿里（Muhammad Ali-Haj，一九四二—二〇一六）：原名小卡修斯・馬塞勒斯・克萊（Cassius Marcellus Clay Jr.），是拳擊界的傳奇人物，人稱「拳王阿里」。

說話，黑人說話的方式很有趣、很有效果。他羨慕黑人說話的能力，他要學習模仿這種說話方式，對聽他說話的人複製他小時候坐在狄儂叔叔身邊入迷的感覺。

以諷刺小說取代新聞報導

馬克・吐溫年少浪遊時，曾經從印刷報紙的工人轉成報社的記者。然而他很快就明瞭，記者的表達方式不是他要的。他去到舊金山，在舊金山的街頭，看到一群白人惡少，莫名其妙霸凌一個中國人，旁邊站著警察，警察徹底旁觀惡少沒有什麼理由、不需什麼理由就將那個中國人痛揍了一頓。作爲一個記者，馬克・吐溫立即意識到了這是件值得報導的新聞，於是以警察的反應爲主寫了文章。文章交到編輯台，上司就找了他去，明白告訴他，以後不要再寫這種東西了。舊金山的讀者沒有人要看這種東西，對這些看報紙的人來說，中國人是不存在的。

年輕的馬克・吐溫很驚訝也很難過。中國人對於他是個多麼新鮮的現象！依照他在南方長大的經驗，如果在街上被霸凌被打的是黑人，或許他也不覺得那會是新聞。但那是中國人，他不熟悉不習慣的中國人。然而他的好奇被推翻了，舊金山的報業老手告訴他，沒有人要看中國人的新聞，因爲舊金山的白人不想看到中國人，也就看不到中國人。

自己那麼有感覺的事，用記者的方式寫出來，讀者不要看。於是他換了一種方法，把這個內容寫成了小說。小說的標題叫〈Disgraceful Persecution of a Boy〉：對一個男孩的難堪迫害。小說裡的男孩在白人家庭中長大，聽到大人說什麼是Chink[45]，中國人如何又髒又怪等等，也知道了大人們認定遇到中國人會採取的態度與行爲。有一天，男孩問爸爸，「我什麼時候會長大？」爸爸看他一眼，說：「你現在就長大了啊！」男孩又問：「那我可以開始承擔社會責任了嗎？」聽到他這樣說，爸爸很欣慰：「你會這樣想，覺得長大就是要承擔社會責任，那你一定可以作爲好公民！」

45 對華人的蔑稱。

得到了爸爸這樣的肯定與讚許，這個男孩興奮地找了幾個朋友，迫不及待去「承擔社會責任」，而他們做的，就是在街上找了一個中國人，欺負中國人，把中國人狠狠揍了一頓。

不過小說和馬克・吐溫實際看到的，有一項關鍵的差異。目睹男孩暴行的警察，將男孩抓到警察局，把他當作罪犯處罰他。這就是小說標題的來源，小說敘述者驚呼：這是什麼世界啊，一個依照自家大人期待要當好公民，要盡社會責任的男孩，竟然被警察當罪犯來對待！這是disgraceful persecution，對這個男孩難堪的迫害！

這篇小說刊登發表了。本來用記者報導形式寫的，無法發表，換成用小說，尤其是換成用諷刺的口氣寫，就有了不同的結果。

藉由孩童角色呈現大人世界的荒謬

馬克・吐溫知道自己該怎麼做。他利用自己擅長的幽默，來嘲諷現實。嘲諷有什麼好處？一定有一些讀者不夠聰明，他們分辨不出諷刺的口氣與意味，他們會誤以為像這樣一篇小說眞的是在責怪那個處罰男孩的警察。原來以記者的筆法寫，大家都看得出來這位記者、這個作者的立場，是站在中國人那邊的。換用諷刺方式寫，那麼就有一部分人確切得到了馬克・吐溫要傳遞的訊息，理解了欺負中國人是件多麼不公平不正義的事；但也還有另一部分人懵懵懂懂將馬克・吐溫視為自己人，以為他的立場和他們一樣，也是厭惡、反對中國人，主張應該霸凌、迫害中國人的。

他把要傳遞的訊息藏在幽默、諷刺的語氣裡，不過這樣的寫法當然也有其不得已的代價。長久以來不時總會出現白目的讀者，要麼將馬克・吐溫的反諷當作他的信念而支持他、稱讚他，要麼倒過來，將馬克・吐溫的反諷當作他的信念而反對他、批判他。

這兩種人在價值觀念上澈底相反，然而在面對文學作品時的粗糙與漫不經心，則是完全一致的。

八〇年代「差異政治」[46]理念在美國學院中甚囂塵上時，《哈克歷險記》一度被普遍認爲應該從「經典作品」中除名，因爲是一個白人作者對於黑人的描述，裡面充滿了對黑人的醜化，光是帶有嚴重歧視意味的negro[47]就出現了兩百多次！這樣的讀法是荒謬的，我們不是不知道馬克・吐溫的基本態度，也很容易了解他的基本策略。

〈Disgraceful Persecution of a Boy〉這篇小說對馬克・吐溫還有另一層意義，讓他發現了在小說中，小孩的角色很有用。他回想自己童年的經驗，在認知狄儂叔叔是個黑人之前，他先認識了狄儂叔叔作爲一個說故事的人。小說中的男孩本來也不知道什麼是中國人，是在長大的過程中，被大人教會了用那種充滿歧視與敵意的方式認識中國人。

小孩具備了高度的曖昧性，很適合來作爲諷刺文學的載體。小孩的天眞意味著他們的眼光還沒有固定下來。有時候，小孩天眞看到了大人不願看到的事實，像在童話中大喊「國王沒有穿衣服！」的小孩；另外一些時候，小孩會被大人影響，失去了天眞，學習、模仿大人所固定、習慣看到的。然而小孩就算學習、模仿大人，他們畢竟沒有那麼習慣，他們所看到的、所表達的，會呈現一種拙劣，進而提醒了讀者，那些大人的習慣看法，沒有那麼天經地義，沒有那麼理直氣壯啊！

一八七一年，馬克．吐溫進行了一趟火車旅程，原本應該漫長的旅程感覺上卻不長，因爲他在火車上遇到了一名十三歲的黑人男孩。這男孩一路不停跟馬克．吐溫說話，一個小孩能有多少值得說的生命經驗或生活內容呢？小孩吸引馬克．吐溫的，與其說是他說了什麼，毋寧更是他用什麼方法說。刺激了馬克．吐溫認眞思考要寫以小孩爲主角的小說。

《湯姆歷險記》是以小孩爲主角，不過看到小說後半，我們已經可以察覺馬克．吐溫對這個形式並不滿意。因爲小說的敘述口吻還是大人的。從《湯姆歷險

46 差異政治：民主制度常因爲性別、種族等原因，使弱勢族群受到結構性歧視而無法在公領域發聲的現象。「婦女保障名額」、「原住民保障名額」即爲消弭差異政治的一種作法。

47 negro：原爲西班牙文的「黑」，但後來逐漸帶有蔑視黑人的語意。

記》到《哈克歷險記》，馬克・吐溫在寫法上的重大調整，就出現在小說的第一段話，這個故事是由哈克自己訴說的，而且他明確告訴我們，如此說出來的故事，一定和由那個叫馬克・吐溫的作者寫的《湯姆歷險記》大不相同。

換用小孩的口吻，馬克・吐溫就能透過哈克的眼睛來看身旁的這個黑人吉姆；而且他要用這個小孩未經反省、沒那麼有條理的語氣去呈現哈克被灌輸的白人觀念裡有多少是互相衝突、矛盾的。在小孩的意識中，大人所說的話東一個西一個雜亂並列出現，沒有經過統合，就很容易顯現不同情境下說的不同的話，常常彼此對不上。

一度停筆的《哈克歷險記》

這樣一部小說，沒有那麼容易寫。開筆寫了之後，到一八七六年馬克・吐溫停了下來。這一年發生什麼事呢？美國建國剛好一百年。社會上當然有好多熱鬧忙碌的慶祝活動。不過慶典氣氛中，也必然帶來總結式的反省：花了一百年的工夫，到底打造形成了一個什麼樣的國家？

同時特別的百年時間點上，聯邦政府感到有必要對南北戰爭進行最後的了結。因而就在這一年，聯邦派駐在南方的軍隊全面撤出，宣告北方對於南方的管制完全終結。也就是同意讓南方人用本土的方式來管理南方，在美國歷史上稱爲「自治」（Home Rule）。

於是又開啓了南方黑人命運中悲慘的一頁，其慘狀比起一八六五年之前恐怕有過之而無不及。奴隸制度廢除了，黑人不再是奴隸，不再是白人的財產，但也就意味著沒有主人在意要保護他們的安全了。

對於黑人來說，「自治」只代表一件事，就是聯邦袖手旁觀，坐任白人想盡一切辦法讓黑人在南方各州活不下去。讓黑人無法擁有公民權，讓黑人無法保有財產，甚至讓黑人無法得到任何人身安全保障。戴著頭套到處訴諸暴力燒殺黑人的「三K黨」[48]大行其道，公開凌虐後吊死黑人的儀式（lynching，私刑）到處

48 三K黨（Ku Klux Klan, KKK）：興起於十九世紀的美國極右派組織，奉行白人至上主義。

流行。

這些白人的目標，是建立只有純白人的環境，最好將黑人全數從南方各州趕出去，如果還有黑人要留著，那就必須生活在白人看不到的地方，澈底終止和白人的任何互動。

多少受到這樣的氣氛影響吧！馬克．吐溫敏感地知覺到要談論黑白議題，這個時候會比南北戰爭前或南北戰爭剛結束時更加困難。於是他放下了寫到一半的《哈克歷險記》，將心力放在其他更能賺錢的寫作計畫上。

然而畢竟這個題目、這本小說，和他成長的根本有太密切的聯繫，他無法一直避開。隔了七年，一八八三年他又將這本小說拿回來寫。卡了那麼多年之後，他得到了重要突破。

馬克．吐溫從一開始就知道這本小說是要用幽默和冒險來吸引讀者，同時掩護小說中要表達的深刻主題。在他腦中，這個負責說故事的哈克，早就存在。不只是《湯姆歷險記》中，哈克就已經出現了，而且哈克是明顯比湯姆更「不受教」的男孩。哈克是個野孩子，哈克比湯姆更天真。換句話說，哈克活在白人社會的最底層，他的天眞來自於他沒有機會受教育。馬克・吐溫早就準備好了該如何寫哈克。

麻煩的是那個要和哈克一起逃亡的黑人吉姆。要如何寫這個角色讓他看起來確確實實就像個黑人，但他的經歷故事又不至於冒犯白人讀者，以至於抵制不願讀這部小說呢？

翻轉刻板印象

一八八三年馬克・吐溫重新寫《哈克歷險記》，而且有了很大的創作動力，關鍵的突破就在他弄清楚如何書寫吉姆了。他的策略說簡單也很簡單，那就是貫徹本來的敘述角度，讓吉姆就是白人男孩哈克眼中所看到的黑人，盡量純粹透過哈克的眼睛，有限的白人男孩的理解來刻畫吉姆，不要多添加成人的、事實的成分。

小說開始時，吉姆就和戰前南方白人想像的每一個黑人都一樣。也就是故意讓吉姆完全符合白人心目中的刻板印象——無知、愚蠢、可笑的黑人。在那個時代，這是有專門名詞來稱呼的，叫minstrels[49]，那就是黑人因爲太愚蠢了而令白人發笑的固定形象。還有一個類似意義的名詞，是darkies[50]。這種黑人很笨、很迷信，一天到晚說些無聊無意義的話，所以會惹得白人哈哈大笑。

從小說內在的邏輯說，這樣的吉姆符合哈克認定的黑人模樣；從小說的閱讀效果上說，這樣的吉姆可以讓很多白人讀者解除戒備。但馬克·吐溫絕對不是以重複刻板印象爲目的，他要在刻板印象中夾帶其他不一樣的訊息。

小說的第二章中，湯姆和哈克夜裡偷跑出來，被在後門口的吉姆察覺，兩人慌忙躲了起來，沒有被吉姆找到，黑暗中，吉姆就堅持守在那裡，但守著守著，吉姆靠著樹睡著了。這時湯姆和哈克不只可以順心出去了，湯姆還要回頭作弄吉姆。本來想把吉姆綁在樹上，後來決定將他的帽子掛到高高的樹枝上去。

這就是一個白小孩覺得自己可以欺負一個黑人，天經地義的情節。然而小說裡這個黑人醒過來，他的反應卻不是乖乖認命接受被作弄，而是編故事解釋爲什麼會發生這樣的事。

從一個角度看，看到是符合刻板印象——黑人就是如此迷信。吉姆想像自己睡著時被巫婆帶走了，然後才回來。巫婆為了證明曾經把他帶走，所以特別將他的帽子掛到樹上去。

但換另一個角度，從《湯姆歷險記》讀到《哈克歷險記》，我們會有不一樣的看法。這樣看下來，最迷信的人是湯姆啊！迷信的怎麼會只有黑人呢？白人一樣迷信啊！

再往下讀，小說中告訴我們，吉姆將這個巫婆故事說了好多遍，不但每一次講的都不一樣，而且他睡著時巫婆帶他去的地方愈來愈廣遠，愈來愈神奇。他說的故事也愈來愈吸引人，愈來愈多人要聽他說故事，以至於弄到他簡直無法工作。

49 此字源於十九世紀後半，美國劇場時興白人將臉塗黑，並以滑稽舉止進行帶有貶低意味的搞笑表演，稱為黑人劇（minstrel shows）。

50 對黑人的蔑稱。

這怎麼會是一個笨黑人！這是個聰明得不得了、聰明到創造自己的傳奇並在其中自得其樂的人，而且他的本事，不也就是馬克・吐溫自己的本事嗎？用說故事吸引人，得到大家的喜愛，進而說故事的身分超越了其他身分……馬克・吐溫不可能認爲這樣的人是笨蛋啊！

藏在主角背後的敘事者

要記得，小說裡呈現的，是哈克所見到的世界，也就是哈克所見到的黑人。作爲一個白人小孩，儘管自己出身最底層，哈克仍然錯覺相信自己一定比吉姆聰明。因而哈克認爲吉姆是個不會說謊的人，他笨到不會捏造不會說假話。所以是哈克基於這樣的偏見告訴我們吉姆的愚蠢，如果讀者的智力，和哈克這樣一個白人小孩同等級，會將這個評斷視爲事實，但如果讀者具備了比哈克更高一點的常識與智慧，就不會簡單地接受哈克的判斷了吧？

一八八三年夏天，馬克・吐溫寫《哈克歷險記》大有進展，他在書寫中找到了以前沒有的樂趣。他快樂地展現給讀者看，一個白人小孩如何自以為是地描述黑人，在過程中，他同時預期可以試驗出在這本書的讀者中，有多少人的智力程度，其實不過就和自以為是的白人小孩同等級。

《哈克歷險記》中，哈克是當然的主角，不過除了哈克之外，小說裡還藏了另一個主角吉姆。不只如此，小說裡也藏著另一個敘述者。

第二章情節的意義，在於告訴讀者吉姆是一個多麼會講話、多麼會說故事的人。小說開端，哈克是個充滿自信卻實際無知的敘述者，他的自信就是從他的無知來的。他認定是自己在說這個故事。然而隨著小說的推展，哈克所說的內容有了愈來愈多是由吉姆告訴他的。我們一步一步認識了這個黑人，包括了他和家人的關係，他是個什麼樣的父親，他為什麼要逃走，為什麼非逃不可……讀者逐漸認同了最關鍵的事是吉姆不可以被抓到。所有的讀者，要將這小說入戲地讀下去，就都一定成為這件事的信仰者。

這時主角變成了吉姆，而且不知不覺中，實際的敘述者也轉換為吉姆了，哈克愈來愈只是形式上的敘述者，負責將他從吉姆那裡聽來的轉述給讀者聽。敘述其實操控在吉姆的手中。有了這樣的領會，我們回頭理解了哈克是個不可靠的敘述者，不能照單全收他所告訴我們的，尤其不能完全相信他對吉姆的看法。

馬克・吐溫當然不會要將吉姆刻畫成一個愚蠢的黑人小丑，這個黑人身上有很多不同的能力，其中一項正是如何將這個白人小孩耍得團團轉。吉姆的能力絕對不下於哈克。兩人的逃亡旅程，開始時是白人和黑人的關係，白人是主，黑人是奴，所以黑人聽白人的，跟著白人走。但小說到了後來，兩人關係逐漸變成了大人和小孩的關係。從哈克的主觀敘述上，他還是認定自己在帶領吉姆逃亡，然而有很多時候明明是吉姆像父親一樣在保護哈克。

這樣的特殊關係最終導引到馬克・吐溫所要的結論：膚色的差異和一個人是否聰明，有多少能力，是不相干的。膚色不過就是人披在身上的假裝。

所有的錢都是生來自由而平等的

一八八四年，馬克・吐溫充滿期待準備《哈克歷險記》的出版，敲鑼打鼓展開這本書的預購。本來打算預購量到達四萬冊就開印，但數字遲遲無法達成，只好降低到三萬冊。正式開賣之後，一年內大概賣出了五萬冊。不過同一時間中全美最暢銷的書，銷量是《哈克歷險記》的三倍多。

那本最暢銷的書，是一個叫約書亞・斯特朗（Joshua Strong）的牧師寫的，書名是《我們的國家》（*Our Country*）。這本書在那一年賣了將近十八萬冊。這本書中最重要的主張是：我們的國家是一個白人的國家。我們的國家因爲白人而壯大，卻因爲黑人而顯得醜陋。爲什麼要繼續忍受黑人對我們國家的汙染？

《我們的國家》這本書表面上是以「南方反省之作」來宣傳的，作者使用的腔調是「的確，我們錯了……」，哪裡錯了？爲什麼要蓄奴，將那麼多黑人弄進「我們的國家」來。似乎在質疑奴隸制度，骨子裡卻是最嚴重的歧視。作者的態度是，這個國家不是黑人的，黑人不配居住在這個國家。

這樣的書那麼暢銷，成了話題、成了現象，讓馬克・吐溫很不滿。爲了發洩不滿，他寫了一篇小說，標題叫〈保險箱裡的爭吵〉（The Quarrel in the Strongbox），Strongbox 指的是小型的保險箱，可以手提用來裝錢、運錢的。小說裡描述這個小保險箱中裝了許多錢，在箱子裡一分錢（Penny）和五分錢（Nickle）就吵了起來。對話中五分錢表現了對一分錢的輕視，一分錢生氣地抗議：「你沒有資格侮辱我，你是錢我也是錢！」五分錢冷笑回一分錢：「從什麼時候開始，你跟我是平等的？」一分錢義憤填膺回頂五分錢：「自從《獨立宣言》以來！《獨立宣言》上說All money is created free and equal，所有錢都是生來自由而平等的！你還有話說嗎？」

五分錢當然還有話說：「我說那不過就是個說法罷了，而且說的不是事實。在社會上人家比較喜歡我，不那麼喜歡你，他們對我比對你尊重，沒有人會認爲你跟我是平等的。」這時候聽到他們吵架，旁邊一個一角錢（Dime）的硬幣開口了，稱讚五分錢：「你說的眞好，你說的眞對，所以我比你們兩個都有價值，和我相比你們不算什麼啊！」

聽了一角錢用輕蔑的語氣如此說，五分錢激動地抗議：「你怎麼能這樣瞧不起我，難道你不知道『所有的錢都是生來自由而平等的』嗎？」一角錢很驚訝，回覆五分錢：「那不過就是個說法，而且說的不是事實……」這時候又加入了一個新的角色——一塊錢硬幣（Dollar），毫不猶豫地站在一角錢那邊，說：「你是對的，錢怎麼會平等呢？當然我比你們都有價值，你們怎麼能跟我相比呢？」一聽一元硬幣這樣說，一角錢氣急敗壞地反對：「你怎麼能這樣瞧不起我，難道你不知道『所有的錢都是生來自由而平等的』嗎？」……

那個小保險箱中面值最高的，是一張一百元的公債，輪到他主張自己最受歡迎也最受尊重時，其他的錢統統反對他，大家這時都主張「All money is created free and equal」了。

他們在箱中吵的時候，剛好有一個小偷偷了這個錢箱，聽到了箱中奇怪的聲響，小偷嚇壞了，趕緊拿著箱子去自首，在法官面前懺悔，說自己偷到了一個裡面裝著魔鬼的保險箱。法官命令將保險箱打開，發現原來是裡面的錢在吵架，吵得不可開交，吵到要求法官來裁定誰是誰非。

法官怎麼裁定？法官將面值最高的公債，和最先引發爭吵的五分錢拿出來，放在一起，說：「別的我不知道，但我確定你們兩個是平等的……」爲什麼這麼說？原來那張政府公債已經貶值了，貶到只剩五分錢了！

法官語重心長地對他們說：「不能光看外表來決定價值啊……」

這小說中的保險箱當然是用來影射諷刺約書亞・斯特朗的。洋洋灑灑寫了一大本書，到底講了什麼？只表明了一件很笨的事，那就是光看外表來決定人的價值。外表無法決定人是什麼，人有多高的價值。

人的本質與外表無關

與此相關的，還有馬克・吐溫寫過了一份小說大綱，標題叫〈真假白人〉（The Man with Negro Blood），帶黑人血統的人。小說要寫這個帶有黑人血統的人，出身在奴隸家庭中，但他的膚色比較白。小時候他的家被主人拆散了，將他的媽媽和姊姊賣走，剩下他跟著爸爸。爸爸死了之後，他獲得了自由，很想要找到媽媽和姊姊，所以去了北方。

在北方混久了，他發現一項事實，那就是自己的臉夠白，如果小心一點，是可以蒙混成白人的。比較容易顯露黑人身分的，是他的手，所以他就養成習慣無論到哪裡無論做什麼，總是戴著手套。他假裝成白人，也在白人之間獲得了認同，慢慢建立了他的名聲與財富。然後他要追求他的愛情與家庭幸福。

他遇到了一個白人女孩，談了戀愛，準備要結婚。婚前有一場重要的宴會在餐廳舉行，他們一起去到那家餐廳，餐廳裡有個黑人女服務生，特別對這位假白人產生了好奇興趣。服務生在他身邊繞啊繞，後來突然出手將他最重要的掩飾——他的手套——拉掉了。眾目睽睽，每個人都看到了手套底下露出的黑色皮膚。

女服務生爲什麼要這樣做？因爲她覺得這個人長得好像她失散多年的弟弟，而且愈看愈像。但她弟弟當然不可能是個白人。去除了手套，證明這個人是黑人，就是她弟弟，同時她媽媽也在那家餐廳工作，於是意外地，三個家人團聚了！不過同時他就失去了假扮的白人身分，原本表現得那麼愛他的女孩，早就答應要嫁他的女孩立即改變了心意。

小說精采的地方，卻也是使得小說停留在大綱階段，沒有眞正寫出來的，是馬克・吐溫想在這個場景中，陰錯陽差讓這女孩發現，原來自己也有十六分之一的黑人血統！

小說中沒有寫出來，但要表達的重點在大綱裡已經呈現得很明白——質疑外表的重要性，否定人們以外表，尤其膚色來對人進行評斷的習慣。一個假裝自己是白人的人，也被周圍的白人都當作白人來看待了，誰能知道他身上還有沒有黑人血液呢？甚至那個一直以爲自己就是白人的女孩，當她發現自己身上原來有十六分之一的黑人血統，難道她就變成了另外一個人，不再是原來的那個人？

原來馬克・吐溫有好多作品都跟這項目的有關，都是爲了達成這項目的而做的準備，那就是要揭露美國社會最爲根深柢固的偏見。包括他最受歡迎的作品《乞丐王子》（*The Prince and the Pauper*），碰觸的不也是同樣這個主題？

乞丐跟王子之間最大的差別在於「身分」，貧窮男孩湯姆・康第長得跟愛德華王子一模一樣，兩人都很想體驗對方的生活，於是交換身分。當湯姆・康第換上王子的衣服，大家都把他當成王子一樣對待，而當愛德華王子穿上乞丐的衣服，他就變成湯姆・康第，當他表明自己眞正的身分，在場的貴族都不相信愛德華才是王子。《乞丐王子》其實也是種族故事的變形，馬克・吐溫想要提醒美國人反思，去追究人的本質究竟是什麼？一個人的內心，需要被正視的東西是什麼？

舉重若輕，建構美國認同

之後，馬克．吐溫又在下一本書串起這個主題。一八九四年，他出版了《傻瓜威爾遜》（*Pudd'nhead Wilson*），後來在他其他國家出版的譯本，為避免讀者疑惑，書名改作《一滴黑人血液》（*The Drop of Negro Blood*）。在這本書中，馬克．吐溫慣用他嘲諷的筆，當然就引起各式各樣的解讀，因為主人公是一個混血兒，有三十二分之一黑人血統，他的母親羅克珊是一名黑奴，為了讓兒子擺脫奴籍，偷偷掉換襁褓中的嬰兒——親生兒子和主人的兒子，兩個小孩從此替換了身分，黑奴變成了白人小孩，白人小孩變成黑奴。這個混血兒幹盡壞事，染上賭博、偷竊等惡習，後來還痛下殺手，一刀刺死養育他多年的伯父。

這個故事很容易引起許多白人誤會，尤其是「一滴黑人血液」的譯名，會讓讀者會忽略重要的訊息：馬克·吐溫其實還是在針砭美國社會的弊病，所謂的「一滴黑人血液」不在於這個人擁有多少黑人血統，血統無法保證一個人是好是壞，身分和成長環境才決定了這個人是好人還是壞人。馬克·吐溫一度主張黑人和白人應該要通婚，也許他是要反諷：幸虧小說主人公有黑人血統，不然他會變得更壞！

藉由這些故事的主題，再回頭過去讀《哈克歷險記》，對照之下，你會發覺馬克·吐溫始終以詼諧的行文風格，拆穿美國社會的做作和偽善，並且一本接著一本寫，不留情面地揭露蓄奴傳統、種族仇恨的病灶。

《湯姆歷險記》並不像字裡行間的幽默，看起來那麼輕盈，它不只是一部詼諧有趣的青少年冒險小說。這部小說在美國內戰之後的一八七〇年代出版，在這個特殊歷史時間點上，塑造美國的新認同與新原型，並且說服美國讀者坦然接受這個美國形象。倘若閱讀的時候把此背景的設定放在心上，我保證你將會讀到一本很不一樣的《湯姆歷險記》。

前面說過，《湯姆歷險記》出版之後，讀者對於這本小說的反應，讓馬克·

吐溫自豪地說：「我就是美國人。」而讀者也的確在歷險記中看到美國形象的原型。小說家等於也是歷險記中的男孩，可以想見，馬克・吐溫一開始構思小說的時候，他的想法來自於一個特定的地方——取材自他的個人經驗，小說家的自我雖然潛伏在角色之中，但是他發揮了想像力，在小說的主題中貫穿了很多種形式——歷史背景、社會觀察、家族及個人的命運。

九　商場上的失敗，正是美國人的矛盾象徵

不留後路的戰役

一八八四年，南北戰爭英雄尤利西斯・辛普森・格蘭特開始口述回憶錄。格蘭特曾於一八六九至一八七七年擔任美國總統，退休之後，便從首都華盛頓D.C.搬到紐約，因爲他兒子在華爾街做生意。他晚年生活遭遇到經濟挫折，才因此出版了這部回憶錄。

格蘭特一生給了我們很多值得借鑑的教訓，例如說他在戰場上是如何成功的。南北戰爭當中最重要的轉捩戰役是「維克斯堡戰役」（Siege of Vicksburg）。當時北軍的戰略和配置，都是正確的——如果攻下維克斯堡，北軍就可以成功切割南軍在東邊和西邊的兵力，使得他們陷入首尾無法相顧的窘境。然而，即使北軍統籌好了所有軍力配置的細節，在戰鬥中卻就是無法攻克維克斯堡，才迫使林肯總統在不得已之下，將格蘭特調去擔任攻打維克斯堡的指揮官。而就是在格蘭特的指揮底下，原先打不贏的戰鬥打贏了，北軍攻克了維克斯堡。

在格蘭特晚年出版的回憶錄中，我們可以讀到格蘭特如何講述這場戰役的經過，理解了他自己與林肯，和其他將領之間最大的差異。

格蘭特對於戰爭現場有種特別的直覺，可以憑著直覺預測對手的下一步動靜。如果是事後分析戰役，會覺得他的許多臨場決定極為出人意表，尤其對不在現場的人來說，看了冷汗直冒。因為他似乎從來不替己方留後路。這就是為什麼他可以一舉拿下維克斯堡的關鍵原因。

後來格蘭特統領整個北軍，用的也是這種前所未見的作戰方式，基本上他不預留準備防守或備役、準備輪替的北軍軍力，將北軍全部軍力分置在八個點上，對南軍展開全面、毫無保留地進攻。如果沒有那種在戰場上的強烈直覺，是不可能做出這種決定的。

一生善戰卻兵敗華爾街

格蘭特留給我們的另一個教訓，是負面提醒了：當你的權力位階愈高，成了愈重要愈有影響力的人，那麼就該愈是小心重視孩子的教育。

南北戰爭之後，南北經濟形態開始變化。以農業生產爲主的南方原本一直抗拒工業化，但在戰敗之後，南方很難再抵抗北方工業化經濟模式入侵，尤其這波新興的工業化和戰後複雜的重建緊密連結。此時擔任總統的格蘭特身邊原本就必定圍繞一些想要介入各種重建工程和南方工業化的生意人，這些人很快就找到了他的兒子，他兒子也樂於到處吹噓自己的特殊身分地位，可以發揮多大的影響力。

因而許多人開始投資小格蘭特，他後來和朋友合夥成立了一間公司，一時之間吸引了大量資金，又說服了從總統職位退下來的爸爸老格蘭特掛名當董事長，就更容易吸引投資者了。投資格蘭特公司的人當然都做著瑰麗的快速致富夢想，認爲既然這是前總統的公司，一定可以得到很多生意，大家可以一起發財。

資金愈滾愈多，但其實小格蘭特並沒什麼做生意的能耐，到了一八八四年，情況不對勁了，公司周轉不靈，無奈之下，格蘭特總統只好去找鐵路大亨威廉・范德比爾特[51]求助，周轉十五萬美金。范德比爾特借錢給格蘭特時，對他說了一句話：「十五萬對你來說是筆大錢，可是對你的公司來說是筆小錢。」格蘭特還相信挹注這筆錢之後，公司就會起死回生，可以賺回十五萬。但其實范德比爾特正是在婉轉告訴他：這一點點小錢拯救不了你的公司。果然，這筆錢一入帳，小格蘭特的合夥人就捲款潛逃了，公司立即宣告破產。格蘭特總統當董事長的公司賠到資產只有六萬七千元，而負債卻高達一千六百七十九萬兩千元。

雖然公司倒閉，但此時格蘭特總統的風骨還是讓人敬佩，他堅持在公司關門的最後一天，坐在辦公室，對每一個前來的債主鞠躬、致歉。即使走到窮途末路，依然保持著內戰英雄的風範。

接下來的日子，就必須想辦法償債了。除了一千多萬元的公司債務之外，他和兒子身上還有大約一百萬的個人債務，要去哪裡籌這筆錢呢？此時有一家出版社搶先提案，邀約格蘭特總統寫回憶錄，說服他用版稅來度過經濟難關。這間出版社就是馬克．吐溫成立的查爾斯．L．韋伯斯特出版社[52]，馬克．吐溫後來還

---

51 威廉．范德比爾特（William K. Vanderbilt，一八四九—一九二〇）：范德比爾特家族成員，參見注13。

52 查爾斯．L．韋伯斯特出版社（Charles L. Webster & Company）：韋伯斯特曾是馬克．吐溫的事業伙伴，妻子珍（Jane）是馬克．吐溫的姪女。

是這本回憶錄的實際撰稿人，從一八八四年開始，聽著格蘭特總統口述他一生的重要事蹟，再用他靈動的文筆寫成書稿。

格蘭特總統五十六歲那一年，忍受癌症折磨，強撐著身體，看完馬克·吐溫寫成的書稿，逐頁修潤、校對，直至書稿交到編輯手上。完稿後三天，格蘭特總統就過世了。

投資失利申請破產

書出版後大賣，短短兩年內就創下四十萬本銷量，格蘭特家賺進了五十萬版稅。恰巧是同一年，一八八四年，《哈克歷險記》也出版了，這可以說是馬克·吐溫一生中最顛峰、最為志得意滿的時刻。也是在這一年，他寫信給耶魯大學法學院，因為聽說耶魯大學正考慮招收第一個念法學院的黑人學生。他明白告訴耶魯大學法學院：只要你們肯收這個黑人學生，我願意支付他所有的學費。由於馬克·吐溫積極支持，這個黑人學生如願進入耶魯大學。

除了作家身分，對於新的事業，馬克．吐溫也躍躍欲試。他腦袋裡面認爲還有更大筆的財富準備進來，因爲他投資了詹姆斯．佩吉[53]的發明——一種新式排版機器。據說這種排版機器印刷速度飛快，比一般機器快上好幾倍，印刷品質也更好，他對此充滿樂觀期待。不止如此，馬克．吐溫自己也申請了幾項專利權——他取得了一項叫作「自黏筆記本」的專利，類似於我們今日說的「便利貼」；他還發明了一項奇異的課程：「如何在戶外院子裡教小孩上歷史課」，就是利用院子的空間，把空間化成時間，小孩每走一尺就代表一年，讓小孩走到這裡就了解這一年發生了什麼事。

馬克．吐溫對自己辨識成功發明的能力很有自信，所以將畢生積蓄都投資在新式排版機的生產。排版機問世了，他的人生卻開始走下坡。印刷機器雖然迅速又方便，但有一個很嚴重的問題——不耐用，很容易損壞。耗費這麼多資金，排

53 詹姆斯．佩吉（James W. Paige，一八四一—一九一七）：他發明的排版機稱爲Paige Compositor，雖然未取得市場成功，但因馬克．吐溫的投資而爲後人所知。

版機上市後卻很快就滯銷了。

投資大失敗，一八九四年，馬克・吐溫不得不正式到法院申請破產。即使申請破產，仍然有無法打消的債務，他承諾這些債主會設法還錢，至到他生命終了的那一日。後來他也兌現了這個承諾。

乍看之下，投資新式排版機失利是馬克・吐溫破產的主因，但其實破產這件事不完全源於這項投資。這段時期，馬克・吐溫還有另一個開支龐大的領域。從一八九〇年開始，馬克・吐溫在歐洲居住，幾乎住過歐洲所有重要國家；德國、義大利、法國、瑞典、奧地利，最後落腳於英國。在歐洲旅居也讓馬克・吐溫花費了不少財產。

馬克・吐溫跑去住在歐洲，難免讓人想起他早年所寫的《老憨出洋記》。二十年前所寫的這本書，內容不就是嘲諷那些抱持了羨慕歐洲態度、以朝聖心情非去歐洲不可的人嗎？爲什麼二十年後，馬克・吐溫自己也那麼熱中地寧可散盡家財也要去歐洲居住呢？

嘲諷的背後是嫉妒與嚮往

馬克・吐溫是個充滿矛盾的人。他曾經寫書嘲諷那些遊歷歐洲的美國人，可是等到他負擔得起開銷時，卻正如當年他所嘲諷的美國人一樣——有了能力，就要離開美國到歐洲去，將前往歐洲視為身分的象徵。馬克・吐溫賺了錢，竟然變成自己筆下的「老憨」。

投資失利、散盡財產，馬克・吐溫能順利從歐洲返回美國處理債務，受到朋友亨利・羅傑斯[54]——石油業大亨不少幫助。羅傑斯不只借了一大筆錢給馬克・吐溫，還全面介入馬克・吐溫的財務規畫，積極規勸他回到美國來安排如何償債。

同樣充滿矛盾的，這位資助他的亨利・羅傑斯之前也曾在馬克・吐溫的小說中軋過一角——《鍍金年代》（*The Guilded Age*）裡的投機資本家就是以羅傑斯為

54 亨利・羅傑斯（Henry Huttleston Rogers，一八四〇—一九〇九）：美孚石油的重要人物之一，晚年結識馬克・吐溫後，兩人成為至交。

原型的。

亨利・羅傑斯能夠致富，就是趁著美國「鍍金年代」的投機風氣，因而得以牟取暴利。馬克・吐溫在《鍍金年代》小說中痛斥這種結合欺騙和投機的生財之道，痛心疾首控訴社會講求靠權力、攀關係找工作的亂象，但後來竟與自己曾嘲諷的對象結交爲好友。

矛盾背後牽涉到馬克・吐溫寫這些諷刺文字的動機。很多時候馬克・吐溫選擇嘲諷的對象並不是出於眞正的厭惡，毋寧是出於強烈的嫉妒心情。他藉著諷刺來壓抑他自己的嚮往，諷刺中藏著他的熱切渴求：他嚮往歐洲、渴求一夜致富，所以他嘲諷那些遊歐的人、諷刺那些財富大亨。

馬克・吐溫其實既是「鍍金年代」的嚮往者，也一度是「鍍金年代」的既得利益者。他初次前往歐洲遊歷，就是利用偉大的溝通話術，說服一家雜誌社投資他去歐洲遊歷，所以後來他才完成了《老憨出洋記》這本書。而且就在這趟航程中，他認識一名跟他年紀相仿的旅客——查爾斯・蘭格登（Charles Langdon），在談話中，蘭格登拿起妹妹的照片，馬克・吐溫對蘭格登小姐一見鍾情，她就是後來成爲馬克・吐溫妻子的歐麗維亞。

蘭格登家族其實也完全符合馬克・吐溫在《鍍金年代》所要嘲諷的財富身分。他們也是在「鍍金年代」中藉由開鑿伊利運河的投資與投機狂熱，得以躋身富豪。馬克・吐溫與歐麗維亞結婚後，離開家鄉，揮別密西西比河，居住在歐麗維亞生長的地方——康乃狄克州。那是美國東岸最多富豪聚居的地方，一直到今日都還是如此。

個人矛盾成為美國文化的啓發

馬克・吐溫一直堅信牧師安生・伯靈格姆（Anson Burlingame）對他說過的話。他年輕當說笑藝人時，邂逅了這位牧師。據馬克・吐溫回憶，伯靈格姆曾對他說：「你現在最重要的事，就是要跟比你還優秀的人爲伍，你要向上爬，千萬別再跟那些像你一樣好或比你差的人在一起。」他一直記得這句話，成了他的基本信念。

他會一直看什麼樣的人比他好比他優秀，一方面拚命力爭去接近這些人；但另一方面，當接近不了的時候，卻又用嘲諷態度表現出對這些人的不以為然。

蘭格登家族比馬克・吐溫社會地位要高得多，馬克・吐溫要追求他們家的女兒還真不是件容易的事。關鍵的事件發生在一八六七年年底，馬克・吐溫和蘭格登家族的成員一同參加英國小說家狄更斯[55]的朗誦會。狄更斯的聲望、成就如日中天，當時在美國簡直像是天神般的地位。攀談時，狄更斯知道馬克・吐溫是位作家，問了一句：「你手上有你的作品嗎？我是否可以看一下？」剛好馬克・吐溫帶著自己的作品，狄更斯拿到了書，竟然一翻開就停不下來，幾乎忘了身旁的人。這件事震撼了蘭格登家族。

顯然這件事給了蘭格登家族難忘的印象，一八六九年，馬克・吐溫和歐麗維亞訂婚了。是文學寫作提升了馬克・吐溫的身分。一八七〇年，他如願娶得豪門之女歐麗維亞為妻。

婚後第四天下午，新婚妻子正在樓上午睡，他突然有了衝動寫信給兒時玩伴威廉・鮑溫（Will Bowen）。這一封長信意義深遠，明明和鮑溫已經很久沒聯絡了，他卻在這時寫了一封滿載童年回憶，寫他們惡作劇、一起遊戲往事的信。此時，馬克．吐溫已經明確晉升到另一個社會階級，然而對這樣的變化，他又難免帶有自我愧疚感。這封信是個明證，馬克．吐溫對自己的「升級」，沒有辦法理直氣壯。為了發洩並平息愧疚感，他刻意回頭看自己的出身，提醒自己並沒有忘記家鄉，沒有拋棄自己的童年。

他在矛盾中衡量自己的成就，意識到自己的出身背景和周遭現實事物如此格格不入。

馬克．吐溫一生念念不忘密西西比河，密西西比河畔的故事就是他自己的生命故事，從開始的印刷工學徒、說笑秀藝人、密西西比河道航員，他生命的每個片段都是美國歷史的縮影。他的小說永遠都離不開南北戰爭的歷史傷痕，他也離不開「鍍金年代」左右他的人生。在一本又一本小說中，他一再地寫、不停重寫

---

55 狄更斯（Charles John Huffam Dickens，一八一二—一八七〇）：英國作家，著有《孤雛淚》、《雙城記》等膾炙人口的經典作品。

自己的生命故事。在他主要作品中，身分的錯亂是貫串所有故事的重要主題。

這中間最主要的原型就是《乞丐王子》。一個看起來像王子的人其實是個乞丐；另一個人看起來像是乞丐的人身上卻流著皇家血液，才是眞正的王子。馬克．吐溫許多作品會出現「身分錯亂」主題，因爲他將自己生命中最深刻的焦慮埋藏在作品深層的主題中——即使我功成名就了，其他人還是會看穿我的內在、知道我是密西西比河畔的頑童湯姆嗎？

他的選擇是：與其被世人揭穿底細，不如我先嘲諷自我揭露吧。如此馬克．吐溫將自己置放在小說的各個角色中，更進一步，從個人矛盾中反映並反思、透析了美國在這個特殊歷史階段的社會現象。正因爲有那麼深刻的個人矛盾，馬克．吐溫反而貢獻了他對於美國社會的啓發。

在創作中辯證身分認同

一八七〇年代，南北內戰看似結束了，但問題仍在美國社會中盤根錯節，種族議題、蓄奴傳統間的爭執仍存在，煙硝味久久不散。每個美國人都在問：何謂眞正的美國人？辨別純正美國的人身分是什麼？馬克．吐溫〈眞假白人〉、《乞丐王子》、《一滴黑人血液》這些小說，不停在說：我們應該要走出一條不同的路，一條非北非南、非黑非白，重新思考身分的意義。這是他之所以成爲美國現代文學祖師爺的最重要貢獻。

他寫了各式各樣的自我故事，多到讓人有時不免疑惑：哪些故事是眞正活著的薩繆爾．克萊門斯的故事？又有哪些是他所創造出來的馬克．吐溫的故事？這兩種故事一樣嗎？

當薩繆爾．克萊門斯剛開始採用了「馬克．吐溫」這個筆名時，他寫了一本書，叫《馬克．吐溫的奇怪傳記》（*Mark Twain's Burlesque Autobiography*），套襲傳記形式，描述吐溫家族系譜，表明他父母的祖先各從哪裡來，顯現在這塊土地上，吐溫家族家世顯赫。不過書名就說白了，這是一部「奇怪」的傳記，因爲寫的不是事實，而是「應該」的傳記，也就是在諷刺但凡人都想抬高自己的祖先，給自己更像樣的出身，給自己鍍上表面的一層金。

這本怪異傳記中寫了一個怪異的故事，故事本身很傳奇，而且更怪的是讓讀者弄不清這故事和「馬克・吐溫」究竟有什麼關係。故事說的是有個女孩家裡發生爭產事件，她父親和伯父爭奪家產。伯父家和她家一樣都只有獨生女可繼承遺產，於是她父親頓時心生妙計：「把我的獨生女假扮成美少年，去勾引我侄女，如此一來，絕對能奪得家產。」而事情發展如她父親的計畫，她成功誘惑了堂妹愛上她，看來詭計可望得逞，但接著發生了一件令她和父親措手不及的事——伯父的獨生女竟然懷孕了，而且聲稱孩子的爸爸就是她所假扮的美少年。

這下子麻煩了，她該怎麼辦？如果表明了自己女性身分，那就暴露了奪產的惡劣計畫，澈底失去了衛護家財的機會；可是如果不揭穿自己建構的騙局，豈不就要背負誘姦少女的嚴重罪名？

書中敘述者馬克・吐溫自言自語：「這個角色走到詭異的困境裡頭，再也走不出來，索性不寫了吧。」如此結束了這本虎頭蛇尾的自傳故事。

像這本書中所講述的「馬克・吐溫」故事，當然不等同於薩繆爾・克萊門斯的眞實人生。這些以「馬克・吐溫」爲敘事者的作品，口吻、語調經常不一致，顯現不同性格。馬克・吐溫的廣大讀者當然會好奇這位作者究竟是個什麼樣的人？我們到底要如何才能眞正認識寫作這些書的那個人呢？

他了解讀者的好奇與困惑，所以到了晚年，他寫了一本在序言中擺明了絕對不會在他有生之年出版的自傳。意思是，他不想以世間的身分發言，告訴大家馬克・吐溫眞實的面貌；他只有從墳墓裡對世人說話，才能夠無拘無束地訴說一生。人在世時出版自傳，總是不能充分坦白，只有在私密的寫作中才能眞正吐露衷曲。

謊言和真實交織出創作者的完整面貌

馬克・吐溫一生在詼諧的眞假故事中遊蕩，到了這本最後的自傳，他留下一段感人肺腑的話：

> 不論如何，一個作者終究都會表露出他自己、彰顯出關於他生命的眞

實，或他生命的眞理。

馬克．吐溫在寫他自己的過程中，謊言、眞實交織在一起，然而當虛構和寫實結合時，他會保證讀者不受蒙蔽：

每一件事實和每一個虛構謊言，都會變成畫筆顏料上的一筆，並且最後在畫布上面，落筆在對的位置，疊加起來，它們會畫出一幅圖象。完成後的這幅圖象未必是作者心目中的圖畫，卻浮現出最接近眞實的樣子。

如何理解他這段話要說什麼？我能想到的最好的方式，是藉由陳芳明[56]在整理台灣文學史時特別強調的「全集式閱讀」的理由。陳芳明主張：讀某一作者單一的作品，那就像你擷取一部分的畫筆拿出來觀看，這時他就可以騙你，他可以把自己畫成一隻貓或一隻狗，你也只能接受作者就是一隻貓或狗。但如果你把作者所有作品拿來看，那些構成貓的筆畫就會散掉，然後上面疊上一隻狗、一隻貓，然後再疊上一間房子，再疊上所有的東西，這些事物彼此交疊之後，最後浮現出來的形象，將會極爲接近眞實的作者。

馬克・吐溫這段話，我們應該視之爲「終極告解」。藉由遊走於眞實與虛構之間，他獲致了成就，但在內心深處他仍然相信人必須揭露眞理。「終極告解」說出了馬克・吐溫的悲哀：他長年以來一直遊移、飄盪在過去和現在之間，然而事實是他回不到過去，而現在他所嚮往的，他所欲望追求的，又都是過去被他尖刻嘲諷過的……

馬克・吐溫一直在過去回憶和現實追求之間捉摸不定，徘徊在上流社會的生活裡，卻又不安而失落。某一次的文學聚會，大作家馬克・吐溫受邀到新英格蘭，美國上流階層的象徵地。他特別寫了一篇文章，嘲諷新英格蘭文學裝模作樣，點名新英格蘭最具代表性的兩位作家——嘲諷愛默生把哲學當作文學，又說

56 陳芳明（一九四七—）：作家、學者，現任國立政治大學台灣文學研究所教授，著有《台灣新文學史》等作品。

朗費羅[57]的文學作品是打油詩。他自認爲這些嘲諷笑話說得很幽默，但全場沒有人笑出聲來。這讓他深感挫折，後悔這樣的作法暴露了自己的粗鄙無文，在新英格蘭的文明環境中被打回原形——一個來自中西部鄉下的小人物。他的身分背景跟這個上流社會格格不入。

十幾年之後，他的好朋友豪威爾斯勸他將曾經寫過的各種講稿整理出來，可以安排出版，當豪威爾斯陪著馬克・吐溫在家裡整理這些講稿時，馬克・吐溫突然臉色大變，原來就是看到這篇在新英格蘭發表的講稿。他固執絕對不讓豪威爾斯看這篇講稿，而且形容那是他一生當中寫過最愚蠢的一篇文章，必須立刻燒毀，不能給任何人看。

不過就在要把講稿拿去燒毀時，馬克・吐溫忍不住再看了一遍稿子，看完後回頭對豪威爾斯笑著說：「欸，這講稿寫得眞不錯呢！」這就是他的矛盾，或說可以這麼說：其實這才是他生命的本色。

投機致富改變了人對「錢」的態度

馬克・吐溫一直在兩個世界中徘徊不定，有時是中西部的野蠻人，有時又是躋身上流社會的大人物。處在「鍍金年代」，馬克・吐溫一方面抨擊貪婪浮誇、政治腐敗、經濟壟斷等現象，但另一方面他自己也參與投機。寫作之外，他熱中於拓展各式各樣的投機財路。

一八九四年，投機者馬克・吐溫經歷了許多投機者共同有的遭遇——他破產了。這個時間點，以及要靠亨利・羅傑斯來幫助他度過難關，反映了一件事實：一個舊的時代結束，另一個新的時代要來臨了。舊式投機者的時代過去了，鐵路、運河交通所創造出來的財富過時了，新式的金融資本時代已然乘風破浪而來。

如同本書前面提到，從一八七〇年代，美國進入了「鍍金年代」，這個時代

57 朗費羅（Henry Wadsworth Longfellow，一八〇七—一八八二）：美國詩人。

最突出的是由於鐵路興建所帶來的財富輝煌史。南北戰爭後，美國快速開展全面的工業化，美國經濟與社會之間迅速進行連結和統合，例如興建鐵路前，美國的各州是分散的個體，鐵路鋪設完成了，各州之間才成為凝聚在一起的共同體，終於形成新的聯邦政府。在「鍍金年代」最顛峰時，出現了金融資本，汲汲營營於追求銀行財富；這是二十世紀美國對全世界最大的衝擊。金錢不再只是貨幣，除了作為儲存、買賣工具，它的自主性功能漸漸凌駕了原先的工具性質；錢滾錢，錢可以翻倍成長。

馬克·吐溫與他的時代

一八九四年，馬克·吐溫的發財夢走到了盡頭，為了還清債務，他又開始巡迴演講，「馬克·吐溫最後一次巡迴演講」的宣傳詞又粉墨登場了，但這次規模更加盛大，安排了環球巡迴，除了美國各地，還前往歐洲、英國，馬不停蹄四處演講，花了將近一年時間才走完這趟環球行程。依靠演講收入，得以還清大部分債務。之後，從他晚年一直到一九一〇年過世前，生命一步步走下坡，再也寫不出值得一讀的文學作品，家人也先行離他而去，妻子和兩個女兒都比他早逝。小女兒珍因癲癇發作淹死在浴缸後，相隔半年，馬克．吐溫也離開人世了。

在追求財富的過程中，馬克．吐溫不時陷在與罪惡感拉鋸的不安，這和美國人集體心靈的樣態相符；獲致巨大成就後，他們會問：我是否違背了最初的信念？

馬克．吐溫想寫出眞實美國，所以他批判戰前南方蓄奴傳統、種族歧視等問題，這些都可以在《湯姆歷險記》和《哈克歷險記》中找出痕跡。但原文書名那兩個大寫的「Adventure(s)」，也在召喚或提醒美國人——我們曾經擁有過天眞浪漫、以冒險爲生命眞諦的時代。透過馬克．吐溫的寫作，那種克服蠻荒的冒險精神風靡一時，最後變成美國精神的一部分，其中「西部拓荒」甚至成爲好萊塢的電影熱門招牌。因而，馬克．吐溫確立了新的價値觀念，幫助美國人認知自己的立國精神其實就是開墾、拓荒的冒險精神。

再者，也由於他的猶豫、矛盾，馬克．吐溫對美國的集體意識做出了貢獻。

他的那種矛盾罪惡感隨著他的作品進入了美國人的潛意識中。換句話說，後世的美國在發展過程中，如果對照看歐洲十九世紀的民族主義，一直到二十世紀的民粹煽動家，美國的最大特色值得被標舉出來，值得珍惜：美國人對於自己所做的事情、所完成的向外移動（outward moving）的成就，隱隱約約有種罪惡感，他們認爲：我是不是離開了原始的夢想？這個思維模式在馬克・吐溫的身上和作品中，最爲明確，也反映了此後的美國集體心靈樣態。

倘若我們回頭看，不論英國在建構帝國的時候，或者德國在建立他的第三帝國時，他們會有很多價值上面的轉折，可是那個轉折往往是後一時期推翻前一時期所相信的事情，但是在當下，他們會有一種意志的力量（mental power），去相信和投入自己正在追求的事物，並且認爲那是巨大的收穫和成就。然而，相對去看直到今日仍在閱讀馬克・吐溫、擁抱馬克・吐溫的美國，每一階段追求的事情，幾乎同時都是罪惡感的來源。

這其中有種極爲複雜的內在矛盾，而在此內在矛盾的關係中，一方面使得美國有一種國家的自閉性（和美國地理環境的特性也有關係），可是另外一方面，也使得美國在每一階段的發展過程中，從社會內部所創造出來的價值與追求的事物，都遠比其他社會更爲複雜。

這是從美國諷刺小說家馬克・吐溫的一生和他所經歷的時代，以及他的經典作品《湯姆歷險記》、《哈克歷險記》，慢慢推回到過去，讓我們能認識到的特殊美國面向。

GREAT! 7202

矛盾的美國人：
馬克・吐溫與《湯姆歷險記》、《哈克歷險記》

作者	楊照
封面設計	莊謹銘
協力編輯	沈如瑩
責任編輯	巫維珍
國際版權	吳玲緯　蔡傳宜
行銷	艾青荷　蘇莞婷　黃俊傑
業務	李再星　陳紫晴　陳美燕　馮逸華
副總編輯	巫維珍
編輯總監	劉麗真
總經理	陳逸瑛
發行人	涂玉雲
出版	麥田出版 地址：10483台北市中山區民生東路二段141號5樓 電話：(02)2500-7696 傳真：(02)2500-1967
發行	英屬蓋曼群島商家庭傳媒股份有限公司城邦分公司 地址：10483台北市中山區民生東路二段141號11樓 網址：http://www.cite.com.tw 客服專線：(02)2500-7718｜2500-7719 24小時傳真專線：(02)2500-1990｜2500-1991 服務時間：週一至週五09:30-12:00｜13:30-17:00 劃撥帳號：19863813　戶名：書虫股份有限公司 讀者服務信箱：service@readingclub.com.tw
香港發行所	城邦（香港）出版集團有限公司 地址：香港灣仔駱克道193號東超商業中心1樓 電話：+852-2508-6231 傳真：+852-2578-9337
馬新發行所	城邦（馬新）出版集團【Cite(M) Sdn. Bhd. (458372U)】 地址：41-3, Jalan Radin Anum, Bandar Baru Sri Petaling, 57000 Kuala Lumpur, Malaysia. 電話：+603-9056-3833 傳真：+603-9057-6622 讀者服務信箱：services@cite.my
麥田部落格	http://ryefield.pixnet.net
印刷	前進彩藝有限公司
初版	2019年5月
售價	320元
ISBN	978-986-344-639-2

國家圖書館出版品預行編目資料

矛盾的美國人：馬克・吐溫與《湯姆歷險記》、《哈克歷險記》／楊照著. -- 初版. -- 臺北市：麥田出版：家庭傳媒城邦分公司發行, 2019.05
面：　公分：--（Great!；7202）
ISBN 978-986-344-639-2（精裝）

1.吐溫（Twain, Mark, 1835-1910）2.小說 3.文學評論

874.57　　108002839

城邦讀書花園
www.cite.com.tw

Printed in Taiwan.